文豪たちの嘘つき本

彩図社文芸部

彩図社

はじめに

本書は、文豪たちの「嘘」をテーマにした本です。

作家が小説で嘘をつくのは当たり前のことですが、本書で題材にするのは、小説ではありません。随筆や手紙、周囲の人々が書き留めた、文豪自身の嘘が題材です。また、文豪たちが嘘つき扱いされたときや、誰かに嘘をつかれた（もしくは嘘をつかれたと思った）ときの反応も、本書では取り上げています。

文豪たちがつく嘘は、どこか魅力的で憎めません（嘘をつかれた当事者は、腹が立ったかもしれませんが）。

「死んでやる」と言い過ぎて記者にキレられた太宰治。親しい人に嘘のハガキでいたずらをする芥川龍之介。「彼の嘘を聞くと春風に吹かれるようだ」と評された歌人・石川啄木《いしかわたくぼく》など。並べてみると、嘘をついた文豪の個性が、感じられる気がします。

いや、もっとシンプルに書きましょう。文豪たちは作品だけでなく、嘘も非常に面白いのです。嘘をついて自分をアピールしようとしたり、とっさの嘘でピンチを切り抜けようとしたり、わざとらしい嘘で場を盛り上げようとしたり……。嘘は、種々の感情と結びついています。だからこそ、文豪たちの豊かな人物像を想像するのに、嘘はとても役に立つのです。

本書の章立ては、以下のとおりです。

一、強がり・見栄の嘘——太宰治の嘘
二、その場しのぎ・言い逃れの嘘——中原中也たちの嘘
三、いたずらの嘘——芥川龍之介たちの嘘
四、迷惑だけど憎めない嘘——石川啄木の嘘
五、居留守・面倒くさがりの嘘——永井荷風たちの嘘
六、喧嘩と嘘——坂口安吾たちの嘘

曲者ぞろいの文豪たちの個性が感じられるよう、六つのテーマを設けました。各章は独立しているので、気になる章からお読みいただければと思います。

巧みな嘘、バレバレな嘘、怒る気になれない嘘。あらゆる嘘を通じて迫る、文豪たちの嘘のアンソロジー。お楽しみいただけると、うれしく思います。

文豪たちの嘘つき本 ◉ 目次

二、その場しのぎ・言い逃れの嘘――中原中也たちの嘘

三、いたずらの嘘――芥川龍之介たちの嘘

四、迷惑だけど憎めない嘘——石川啄木の嘘

五、居留守・面倒くさがりの嘘――永井荷風たちの嘘

六、喧嘩と嘘——坂口安吾たちの嘘

一

強がり・見栄の嘘

――太宰治の嘘――

知人が記す太宰の嘘＆本人の強がりエッセイ

太宰治は虚栄心――強がりや見栄――を巧みに描いた作家である。

没落した上流階級を題材にした『斜陽』。自伝的な作品とも言われる『人間失格』。女性と次々に別れていく男を描いた『グッド・バイ』……。異なる題材であっても、作品の根底には太宰流の虚栄心が見え隠れしている。

小説だけではない。エッセイや手紙、日常の言動からも、太宰の虚栄心は垣間見える（意識的だったのか無意識だったのかはわからないが）。見栄を張りたいがために嘘をつく、なんてことは日常茶飯事だったようだ。

たとえば中学生のときには、「死にたい」「自殺したい」と言うのがクセになっていたらしい。すでに、私たちが知る太宰のイメージどおりである。

高校時代には、表面的には真面目を装いながら、事あるごとに巧みな嘘をつく学生になっていた。そんな太宰を、担任教師は評価していなかった。教師は太宰に対し、「正直さに欠ける」という烙印を押すことになる。

太宰の長兄文治《ぶんじ》も、弟のことを若い頃から嘘ばかりつく、呆れたやつだと思っていた。太宰は10歳以上年の離れた文治を恐れていたものの、いくら注意を受けようとも、文治が望むような人生を歩まなかった。家族を題材

太宰治

にした暴露小説を発表したり、死をほのめかして金を無心したり……。ただ、愛想をつかしながらも、文治は太宰を見放さなかった。

一方で、太宰の嘘や冗談を面白がり、憎めないと思っていた者も少なくない。年の近い姉や親しい友人は、そうした思い出を楽しげに綴っている。本章前半では、こうした知人たちの証言に基づき、幼少期や若い頃に太宰がついた嘘を紹介しよう。

後半は、太宰本人が書いたエッセイを掲載した。エッセイは主に、若き日に書かれたものである。「春夫と旅行できなかった話」「創作余談」は数えで29歳、「作家の像」は32歳、「一問一答」は34歳のときの作。「一問一答」の頃には、嘘への考え方に変化が生じたらしい。順にみていこう。

一、教師による高校時代の太宰の評価（人間性について）

正直ヲ欠ク。

《一、教師による高校時代の太宰の評価（人間性について）》

《解説》

太宰治（本名：津島修治《つしましゅうじ》）は数え年19歳のとき、地元青森の旧制弘前高校に入学した。中学校時代は成績優秀・無遅刻・無欠席。高校入学当初も規則正しい生活を送り、試験で落ちた第一高等学校への再受験を見据えて、勉学に励んでいた。

だが間もなく、太宰の態度は一変する。入学翌年、友人と同人誌『細胞文芸』を刊行して創作活動にのめり込み、授業をろくに受けなくなったのだ。成績が極度に悪化し、教師から白い目で見られるようになっていく。

右の評価は、学籍簿《がくせきぼ》という在学生の情報をまとめた帳簿にみえる。太宰は担当教師から、「正直さに欠ける」というありがたくない評価を下されたのだ。しかもこの評価の下には「(外面甚《はなは》ダ正直)」、つまり、「外面上は正直に見える」とも書かれていた。

津島家の長兄文治《ぶんじ》曰く、太宰は成績優秀だった中学生の頃から、怠け癖が萌芽していたらしい。後年、文治が太宰の中学校時代の教科書を見たところ、中には教師や兄弟の似顔絵が、ぎっしり描かれていたという。勉学を放棄するのは、時間の問題だったのかもしれない。

弘前高校在学中の太宰治

二、書いていることが絶対に嘘だとわかる太宰の手紙

返事は必ず必ず要りません。
僕をそっとしておいてくれ！

（1935年8月31日付今官一《こんかんいち》宛書簡より）

《二、書いていることが絶対に嘘だとわかる太宰の手紙》

《解説》

右の文は太宰が27歳のとき、今官一《こんかんいち》に宛てた手紙の末にある（手紙は郵便料金不足だった）。

この頃の太宰は、鎮静剤の依存症に陥った体を癒すべく、千葉県の船橋で療養していた。だが折悪く、受賞を期待していた第一回芥川賞の落選を知る。太宰は非常に落ち込み、選考委員の川端康成に食ってかかる文章を発表するなど、やることが極端になっていく。

今へ送った手紙にも、随所に不安が吐露されている。「このごろ、よく泣く」「千言のうちに、君、一つの真実を捜しあててくれたら、死ぬほどうれしい」など。今としては心配で、すぐに返信せざるをえない。

今官一は、太宰の親しい作家のひとり。太宰も参加した同人誌「海豹《かいひょう》」のメンバーで、のちに直木賞を受賞している。同い年で同郷ということもあり、気軽に話せる関係だった。

今が手紙を送った2日後、太宰は速達で返信した。冒頭の文面は、「けさ、寝ながら手紙読んで、はね起きた。なんだ、君は、ちゃんと判っているじゃないか。よし、よし」。今の手紙に、太宰は満足したようだ。

太宰治と今官一。1947 年撮影

三、姉から大ボラ吹きと言われる若き日の太宰

きょうによると、ご機嫌になった修治は「紙ないかあ」と、何か書くものを借りて字を書くらしいんです。そして、「あと二十年もたてば、大変な値を呼ぶから大事にしまっておけ」なんてホラをふくそうです。彼女は「きのは修ちゃが来て大ボラふいて……えらい機嫌でありました」なんてよく話していましたっけ。

（津島文治『肉親が楽しめなかった弟の小説』より引用）

《解説》

きょうは、太宰の3歳年上の姉。漢字で書くと京。太宰の妻いわく、黒髪が豊かなきれいな人だと感じたという。

年が近いこともあり、太宰はきょうと仲がよかった。年の離れた兄たち（長兄文治と太宰は11歳差）には話さないことも、きょうにはいろいろと話していたらしい。

太宰が高校生のとき、きょうは結婚して数軒隣りの材木商・小舘家へと嫁いだ。太宰が数えで20歳のときだ。この家に、太宰はちょくちょく遊びに行った。まずは実家で酒を一杯。小舘家に到着すると、笑いながらきょうに話しかける。そんな具合だったという。機嫌がいいときには軽口をたたき、きょうを楽しませた。

右の文中、「自分の書いたものはのちのち価値が出る」と言うあたりは、いかにも自信家の太宰らしい。この頃、太宰は同人誌を創刊して作品をつくってはいたものの、まだまだ無名の文学青年だった。きょうとしては虚勢を張っているようにみえたのだろう。

四、仏文科を志望するワケを聞かれたときについた嘘

仏文科には辰野《たつの》隆《ゆたか》が居るからね

（大高勝次郎「津島修治の思い出」より引用）

《四、仏文科を志望するワケを聞かれたときについた嘘》

《解説》

高校時代、太宰は創作活動に熱中していたが、フランス文学への関心は高くなかったし、そもそもフランス語を読むことも書くこともできなかった。にもかかわらず、東京帝国大学仏文科を志望したのはなぜか。友人には、高名なフランス文学研究者である辰野隆がいるからだとか、仏文科という肩書がかっこいいからだと話していた。だが、理由はそれだけではないらしい。

当時の東大仏文科は、非常に不人気な学科だった。太宰が名前を挙げた辰野も「仏文科を卒業しても就職の口はまずないから、英語の単位も取って教職を探したほうがいい」と学生に話している。そんな状況だったから定員は常に不足しており、志望すれば無試験で入学することができた。これに太宰は目を付けたと、友人の平岡敏男は予想している。

だが、太宰が志望した年に限って、仏文科でも入学試験があった。当然、試験はフランス語で書かれている。普通なら諦めそうなものだが、太宰は友人と協力して、事態の打開をはかる。試験中に挙手をして、試験官の辰野隆に正直に事情を話したのだ。辰野隆は苦笑しながらも、太宰たちの入学を認めたという。

五、知らない作家について聞かれるも嘘でやり過ごす

酔いが深まるにつれて、太宰さんは、いい調子に気負ってきて、私に、今晩はなんでも聞け、日頃から疑問のことがあったら、この機会に、後学のために聞いておけ、いかなる質問に対しても、おれは、明確に答えて見せるぞと叫んで、

「さあ、聞けよ。プーシュキンのことでも、西鶴のことでも、またはた支那文学のことでもだな」

「それでは、お聞きしますけど、僧の契沖《けいちゅう》という人は、どんな思想を持っていたんでしょう」

「え？　契沖？」

運わるく、殆んど知っていなかったらしく、太宰さんは、狼狽して眼を白黒させてから、Kさんに助けを求めて、低い声でいった。

「君、知っている？　契沖のこと――」

Kさんが首を横に振ったので、太宰さんは窮して、しばらく両手を揉み合わせて考えこんでいたが、やがて顔をあげ、アッハ、ハ、ハと豪傑笑いをして、

「契沖は、大物すぎて、一晩では語り尽せない。近いうちに、席を改めて、そのとき、そのとき――」


（堤重久『太宰治との七年間』より引用）

《五、知らない作家について聞かれるも嘘でやり過ごす》

《解説》

30歳前後から、「走れメロス」や「富嶽百景」「女生徒」などが評価され、文壇から注目を集めるようになった太宰。三鷹の家には、編集者をはじめとした来客が増えた。なかには太宰を慕って弟子になる者も。それが、東京帝大の学生・堤重久《つつみしげひさ》である。

ある日のこと、太宰は堤と飲んでいたところに、知人の編集者Kと合流して、文学談義に花を咲かせた。話題は、三島由紀夫や丹羽文雄《にわふみお》など、当時注目されていた小説家について。三島については飲み屋でからまれたこと、丹羽については才能の豊かさを語る太宰。興に乗ってきたところで右の文の如く、なんでも聞けということになった。

堤が太宰に尋ねた契沖《けいちゅう》は、17世紀末の僧侶で古典学者。『万葉集』をはじめ、『古事記』『日本書紀』『源氏物語』など、古典に精通した人物として知られる。精度の高い史料読解・解釈は今日でも評価されているが、そんなことを知らない太宰は、当初は当惑したものの、後日語るとやり過ごすことに成功する。

六、事あるごとに死ぬと言い過ぎて記者に怒られる太宰

先生。某雑誌記者に「死ねる、死ねる　と死ねないくせに、脅迫、ゆすりだ、」と大声でののしられても、私にはとっさに妙答できず、「私は、そんな男じゃない！」と卓をたたいただけです。ロマン派の三人の友人へ、とにかく来てくれ、と電報、ハガキ出しても、（四つ、五つのたより）一つも応答さえなかった。

金がほしいのでは、ございません。いまの私のからだの位置を聞きたかったのです。

おねがいございます。十一月まで、だまって、じっと、太宰のよろよろ通る路をみつめていて下さい。

大慈渡橋三転。

（1936年10月11日付佐藤春夫宛書簡より）

《六、事あるごとに死ぬと言い過ぎて記者に怒られる太宰》

《解説》

太宰治は、誰彼構わず「自殺する」「死ぬ」と訴える、お騒がせ作家であった。ただの嘘なら気にならないが、太宰は何度も自殺未遂事件を起こしているから、本当に死ぬんじゃないかと思わせる危うさがあったのだろう。借金をするときには「死ぬ前に自分の本を見たい」、人に会いたいときには「会ってくれなければ自殺する」。たびたび死をちらつかせている。

それでも、何度も死をほのめかされると、受け手は相手にしなくなってくるらしい。右の文は、太宰が恩師の佐藤春夫へ出した手紙の一節。第二回芥川賞の受賞を、選考委員の佐藤に働きかけていた時期である。切り返されて、困惑している様子が伝わってくる。

この頃の太宰は、麻薬性鎮静剤の打ちすぎで中毒になり、体調が優れなかった。鎮静剤を買うために借金をするなど、生活はすさんでいく。結局、芥川賞の受賞は叶わず、中毒は悪化。二度の入院を経て、ついに妻とともに、本当に自殺をしてしまった。

幸い、太宰夫婦は命を落とさなかった。その後は周囲の助けもあって持ち直し、「走れメロス」をはじめとした、佳作を次々と生み出していく。この自殺で本当に死んでいたとしたら、記者は後味の悪い思いをしたことだろう。

七、嘘つき扱いされたことに不満な太宰

春夫と旅行できなかった話　太宰治

一社会人として、ここに一文を草しなければかなわぬ義務を感じている。佐藤春夫氏と共に晩秋、秋のふるさとを訪ずれる約束は、真実である。実現できず、嘘になって、ふるさとの一、二の人士の嘲笑の的にされた様子である。

嘘も、誠も、この世に於ては、力量の問題で、あっさり判決されるものの様である。ばか、と言われて、その二倍三倍の大声発して、ばか、と叫び返せば、その大声の力士あがりの勝ちになるのである。金力、また、然り。

敗軍の将は語らず、という言葉がある。あきらめて黙したのではないようだ。言うべきことの、あまりに多く、その冷静の整理のための雌伏《しふく》である。証拠物件の冷酷の取捨である。三年のちに、見事に直なる花の咲き出すこと、確信して居る。私は、力を養い育てなければならない。

私は誰をも許していない。檻の中なる狼は、野に遊ぶ虎をひしぐとか、悠々自適、時を待っています。

一噛の歯には、正確に、一噛の歯を。一杯のミルクには、正確に、一杯のミルクを。他は、なし。

《七、嘘つき扱いされたことに不満な太宰》

《注釈》

太宰がこの作品を発表したのは、1937年1月1日発行の「西北新報」において。地元青森の新聞である。執筆時期は1936年12月中旬から、下旬にかけてだとされている。

なぜ太宰は、こんな作品を書いたのか。それは第一に、駆け出し作家の自分を評価してくれた佐藤春夫に、誠意を見せたかったからだろう。

1935年、佐藤が太宰の作品を評価したことで、ふたりは交流を深めた。この時期は、手紙も頻繁に交わしている。太宰が受賞を熱望する、芥川賞がよく話題になった。佐藤は同賞の審査員であり、太宰を推していたからだ。結局、受賞は叶わなかったが、太宰は諦めず、受賞に向けて創作に励んだ。そんな時期に書いたのが、右の作品だ。「力を養い育てなければならない」などの文には、「芥川賞を諦めたわけではない」という思いも、込められているかのようだ。

八、書けるテーマをわざと書けないと言う

創作余談

太宰治

創作余談、とでもいったものを、と編輯者《へんしゅうしゃ》からの手紙にはしるされて在った。それは多少、てれくさそうな語調であった。そう言われて、いよいよてれくさいのは、作者である。この作者は、未だほとんど無名にして、創作余談とでもいったものどころか、創作それ自体をさえ見失いかけ、追いかけ、思案し、背中むけ、あるいは起き直り、読書、たちまち憤激、巷《ちまた》を彷徨《ほうこう》、歩きながら詩一篇などの、どうにもお話にならぬ甘ったれた文学書生の状態ゆえ、創作余談、はいそうですか、と、れいの先生らしい苦心談もっともらしく書き綴る器用の真似はできぬのである。

できるようにも思うのであるが、私は、わざと、できぬ、という。無理にも、そう言う。文壇常識を破らなければいけないと頑固に信じているからである。常識は、いいものである。

《八、書けるテーマをわざと書けないと言う》

これには従わなければいけない。けれども常識は、十年ごとに飛躍する。私は、人の世の諸現象の把握については、ヘエゲル先生を支持する。

ほんとうは、マルクス、エンゲルス両先生を、と言いたいところでもあろうが、いやいや、レニン先生を、と言いたいところでもあろうが、この作者、元来、言行一致ということに奇妙なほどこだわっている男で、いやいや、そう言ってもいけない、この作者、元来、悲惨を愛する趣味家であって、安心立命の境地を目して、すべて崩壊の前提となし、ああ、あとの言葉は、諸兄のうち、心ある者、つづけ給え。

このように、作者は、ものぐさである。ずるい。煮ても焼いても食えない境地にまで達しているようである。憎いか？

憎いことはないだろう。私は、いまのこの世の中に最も適した表現を以て、諸兄に話かけているだけなのである。私は、いまのこの現実を愛する。冗談から駒の出る現実を。

判《わか》るかね？　不愉快かね？

君自身、おのれの不愉快な存在であることに気づかなければいけない。君は、無力だ。非難は、自身の弱さから。いたわりは、自身の強さから。恥《は》じるがいい。

自己弁解でない文章を読みたい。

作家というものは、ずいぶん見栄坊であって、自分のひそかに苦心した作品など、苦心しなかったようにして誇示したいものだ。

私は、私の最初の短篇集『晩年』二百四十一頁を、たった三夜で書きあげた、といったら、諸兄は、どんな顔をするだろう。また、あれには十年たっぷりかかりまして、と殊勝らしく伏眼でいったら、諸兄は、どんな顔をするだろう。そこの態度を、はっきりきめていただきたい。天才の奇蹟《きせき》か、もしくは、犬馬の労か。

合《あ》い憎《にく》のことには、私の場合、犬馬の労もなにも、興ざめの言葉で恐縮であるが、人糞《じんぷん》の労、汗水流して、やっと書き上げた二百なにがしの頁であった。それも、決して独力で、とは言わない。数十人の智慧《ちえ》ある先賢に手をとられ、ほとんど、いろはから教えたたかれて、そうして、どうやら一巻、わななくわななく取りまとめた。

面白いかね？

すこし冗談いいすぎたようである。私は、いま、机のまえに端座して、謂《い》わば、こわい顔して、この一文をしたためている。この一文にとりかかるため、私は、三夜、熟考した筈である。世間の常識ということについて考えていた。私たちは、全く、次の時代の作家である。それは信じなければいけない。そう在るべく努力してみなければいけない。意の在るところの一端は、諸兄にも通じたように思う。

私は、このごろ、アレキサンダア・デュマの作品を読んでいる。

九、書けないと言いながらも虚栄心で書く

作家の像

太宰治

なんの随筆の十枚くらい書けないわけは無いのであるが、この作家は、もう、きょうで三日も沈吟《ちんぎん》をつづけ、書いてはしばらくして破り、また書いては暫《しばら》くして破り、日本は今、紙類に不足している時ではあるし、こんなに破っては、もったいないと自分でも、はらはらしながらそれでも、つい破ってしまう。

言えないのだ。言いたいことが言えないのだ。言っていい事と言ってはならぬ事との区別が、この作家に、よくわからないのである。「道徳の適性」とでもいうべきものが、未《いま》だに呑み込めて居ない様子なのである。言いたい事は、山ほど在るのだ。実に、言いたい。その時ふと、誰かの声が聞える。

「何を言ったって、君、結局は君の自己弁護じゃないか。」

ちがう！　自己弁護なんかじゃ無いと、急いで否定し去っても、心の隅では、まあそんな事に成るのかも知れないな、と気弱く肯定しているものもあって、私は、書きかけの原稿用紙を二つに裂《さ》いて、更にまた、四つに裂く。

「私は、こういう随筆は、下手なのでは無いかと思う。」と書きはじめて、それからまた少し書きすすめていって、破る。「私には未だ随筆が書けないのかも知れない。」と書いて、また破る。「随筆には虚構は、許されないのであって、」と書きかけて、あわてて破る。どうしても、言いたい事が一つ在るのだが、何気なく書けない。

目的の当の相手にだけ、あやまたず命中して、他の佳《よ》い人には、塵《ちり》ひとつお掛けしたくないのだ。私は不器用で、何か積極的な言動に及ぶと、必ず、無益に人を傷つける。友人の間では、私の名前は、「熊の手」ということになっている。いたわり撫《な》でるつもりで、ひっ掻《か》いている。塚本虎二《つかもととらじ》氏の、「内村鑑三の思い出」を読んでいたら、その中に、「或夏《あるなつ》、信州の沓掛《くつかけ》の温泉で、先生がいたずらに私の子供にお湯をぶっかけられた所、子供が泣き出した。先生は悲し相《そう》な顔をして、『俺のすることは皆こんなもんだ、親切を仇にとられる。』と言われた。」

という一章が在ったけれど、私はそれを読んで、暫時《ざんじ》、たまらなかった。川の向う岸に石を投げようとして、大きくモオションすると、すぐ隣に立っている佳人《かじん》に肘《ひじ》が当って、佳人

《九、書けないと言いながらも虚栄心で書く》

は、あいたた、と悲鳴を挙げる。私は冷汗流して、いかに陳弁しても、佳人は不機嫌な顔をしている。私の腕は、人一倍長いのかも知れない。

随筆は小説と違って、作者の言葉も「なま」であるから、よっぽど気を付けて書かない事には、あらぬ隣人をさえ傷つける。決してその人の事を言っているのでは無いのだ。大袈裟《おおげさ》な言いかたをすれば、私はいつでも、「人間歴史の実相」を、天に報告しているのだ。私怨《しえん》では無いのだ。けれども、そう言うとまた、人は笑って私を信じない。

私は、よっぽど、甘い男ではないかと思う。謂《い》わば、「観念野郎」である。言動を為《な》すに当って、まず観念が先に立つ。一夜、酒を呑むに当っても、何かと理窟《りくつ》をつけて呑んでいる。きのうも私は、阿佐ケ谷へ出て酒を呑んだが、それには、こんな経緯が在るのだ。

私は、この新聞（都《みやこ》新聞）に送る随筆を書いていた。言いたい事が在ったのだけれど、それが、どうしても言えず、これが随筆でなく、小説だったら、いくらでも闊達《かったつ》に書けるのだが、と一箇月まえから腹案中の短篇小説を反芻《はんすう》してみて何やら楽しく、書くんだったら小説として、この現在の鬱屈の心情を吐露したい。それまでは大事に、しまっておきたい。その一端を、いま随筆として発表しても、言葉が足らず、人に誤解されて、あげ足とられ、喧嘩をふっかけられては、つまらない。私は、自重していたいのである。ここは何とかして、愚色を装い、

一、強がり・見栄の嘘《太宰治の嘘》

「本日は晴天なり、れいの散歩など試みしに、紅梅、早も咲きたり、天地有情、春あやまたず再来す」

の調子で、とぼけ切らなければならぬ、とも思うのだが、私は甚《はなは》だ不器用で、うまく感情を蓋《おお》い隠すことが出来ないたちなのである。うれしい事が在ると、つい、にこにこしてしまう。つまらない失敗をすると、どうしても、浮かぬ顔つきになってしまう。とぼける事が、至難なのである。こう書いた。

「誰もそれを認めてくれなくても、自分ひとりでは、一流の道を歩こうと努めているわけである。だから毎日、要らない苦労を、たいへんしなければならぬわけである。自分でも、ばかばかしいと思うことがある。ひとりで赤面していることもある。

ちっとも流行しないが、自分では、相当のもののつもりで出処進退、つつしみつつしみ言動している。大事のまえの小事には、戒心の要がある。つまらぬ事で蹉跌《さてつ》してはならぬ。常住《じょう》《じゅう》坐臥《ざが》に不愉快なことがあったとしても、腹をさすって、笑っていなければならぬ。いまに傑作を書く男ではないか、などと、もっともらしい口調で、間抜けた感慨を述べている。頭が、悪いのではないかと思う。

たまに新聞社から、随筆の寄稿をたのまれ、勇奮して取りかかるのであるが、これも駄目、あれも駄目と破り捨て、たかだか十枚前後の原稿に、三日も四日も沈吟《ちんぎん》している。流石《さすが》、と

《九、書けないと言いながらも虚栄心で書く》

読者に膝《ひざ》を打たせるほどの光った随筆を書きたい様子なのである。あまり沈吟していたら、そのうちに、何がなんだか、わからなくなって来た。随筆というものが、どんなものだか、わからなくなってしまったのである。

本箱を捜して本を二冊取り出した。『枕草子』と『伊勢物語』の二冊である。これに拠って、日本古来の随筆の伝統を、さぐって見ようと思ったのである。何かにつけて愚鈍な男である。」と、そこまでは、まず大過なかったのであるが、「けれども」と続けて一枚くらい書きかけ、これあいけないと、あわてて破った。もう、そのすぐ次に、うかと大事をもらすところであったのである。

一つ、書きたい短篇小説があるのである。そいつを書き上げる迄は、私に就《つ》いて、どんな印象をも人に与えたくないのである。なかなか、それは骨の折れることである。また、贅沢な趣味である、という事も、私は知っている。けれども、なるべくなら、私はそれまで隠れていたい。とぼけ切っていたい。それが私のような単純な男には、至難の業なのである。私は、きのうも思い悩んだ。こう、何気ない随筆の材料が無いものか。死んだ友人のことを書こうか。旅行の事を書こうか。日記を書こうか。私は日記というものを、いままでつけた事がない。つけることが出来ないのである。

一日中に起った事柄の、どれを省略すべきか、どれを記載すべきか、その取捨の限度が、わからないのである。勢い、なんでもかでも、全部を書くことになって、一日かいて、もうへとへとになるのである。正確に書きたいと思うから、なるべくは眠りに落ちる直前までの事を残さず書いてみたいし、実に、めんどうな事になるのである。それに、日記というものは、あらかじめ人に見られる日のことを考慮に入れて書くべきものか、神と自分と二人きりの世界で書くべきものか、そこの心掛けも、むずかしいのである。結局、日記帳は買い求めても、漫画をかいたり、友人の住所などを書き入れるくらいのもので、日々の出来事を記すことはできない。けれども、家の者は、何やら小さい手帖に日記をつけている様子であるから、これを借りて、それに私の註釈をつけようと決心したのである。

「おまえ、日記をつけているようだね。ちょっと貸しなさい。」と何気なさそうな口調で言ったのであるが、家の者は、どういうわけだか、がんとして応じない。

「貸さなくても、いいが、それでは僕は、酒を飲まなくてはならぬ。」頗《すこぶ》る唐突な結論のようであるが、そうでは無い。その他には、この随筆から逃れる路《みち》が無くなっているのである。ちゃんとした理由である。私は、理由が無ければ酒を飲まないことにしている。きのうは、そのような理由があったものだから私は、阿佐ケ谷に鹿爪《しかつめ》らしい顔をして、酒を飲みに出かけたのである。阿佐ケ谷の酒の店で、私は非常に用心して酒を飲んだ。私は、いま、大事を胸に抱懐しているのであるから、うっかりした事は出来ない。老大家のような落ち付きを真

《九、書けないと言いながらも虚栄心で書く》

似して、静かに酒を飲んでいたのであるが、酔って来たら、からきし駄目になった。与太者《よたもの》らしい二人の客を相手にして、「愛とは、何だ。わかるか？　愛とは、義務の遂行である。悲しいね。またいう、愛とは、道徳の固守である。更にいう、愛とは、肉体の抱擁である。いずれも聞くべき言ではある。そうかも知れない。正確かも知れない。けれども、もう一つ、もう一つ、何か在るのだ。いいか、愛とは、――おれにもわからない。そいつが、わかったら、な。」などと、大事もくそも無い。ふやけた事ばかり言って、やがて酔いつぶれた様子である。

十、ごまかして失敗を繰り返した太宰が至った心境

一問一答

太宰治

「何か、最近の、御感想を聞かせて下さい。」

「困りました。」

「困りましたでは、私のほうで困ります。何か、聞かせて下さい。」

「人間は、正直でなければならない、と最近つくづく感じます。おろかな感想ですが、きのうも道を歩きながら、つくづくそれを感じました。ごまかそうとするから、生活がむずかしく、ややこしくなるのです。正直に言い、正直に進んで行くと、生活は実に簡単になります。失敗という事が無いのです。失敗というのは、ごまかそうとして、ごまかし切れなかった場合の事を言うのです。それから、無慾《むよく》ということも大事ですね。慾張ると、どうしても、ちょっと、ごまかしてみたくなりますし、ごまかそうとすると、いろいろ、ややこしくなっ

て、遂に馬脚をあらわして、つまらない思いをするようになります。わかり切った感想ですが、でも、これだけの事を体得するのに、三十四年かかりました。」

「お若い頃の作品を、いま読みかえして、どんな気がしますか。」

「むかしのアルバムを、繰りひろげて見ているような気がします。人間は変っていませんが、服装は変っていますね。その服装を、微笑ましい気で見ている事もあります。」

「何か、主義、とでもいったようなものを、持っていますか。」

「生活に於いては、いつも、愛という事を考えていますが、これは私に限らず、誰でも考えている事でしょう。ところが、これは、むずかしいものです。愛などと言うと、甘ったるいもののようにお考えかも知れませんが、むずかしいものですよ。愛するという事は、どんな事だか、私にはまだ、わからない。めったに使えない言葉のような気がする。自分では、たいへん愛情の深い人のような気がしていても、まるで、その逆だったという場合もあるのですからね。とにかく、むずかしい。さっきの正直という事と、少しつながりがあるような気もする。愛と正直。わかったような、わからないような、とにかく、私には、まだわからないところがある。正直は現実の問題、愛は理想、まあ、そんなところに私の主義、とでもいったようなものがひそんでいるのかも知れませんが、私には、まだ、はっきりわからないのです。」

「あなたは、クリスチャンですか。」

「教会には行きませんが、聖書は読みます。世界中で、日本人ほどキリスト教を正しく理解できる人種は少いのではないかと思っています。キリスト教に於いても、日本は、これから世界の中心になるのではないかと思っています。最近の欧米人のキリスト教は実に、いい加減のものです。」

「そろそろ展覧会の季節になりましたが、何か、ごらんになりましたか。」

「まだどこの展覧会も見ていませんが、このごろ、画をたのしんでかいている人が実に少い。すこしも、よろこびが無い。生命力が貧弱です。

ばかに、威張ったような事ばかり言って、すみませんでした。」

二

その場しのぎ・言い逃れの嘘

――中原中也たちの嘘――

中也のその場しのぎ、太宰の苦しい言い逃れ

本章のテーマは、その場しのぎ・言い逃れの嘘。主な登場人物は、詩人の中原中也と前章でも紹介した太宰治だ。ふたりを中心にして、苦しい嘘を紹介していく。

コンプレックスに悩みながらも、人一倍、負けず嫌いだった中也と太宰。ふたりとも、大きく見せたいとき、痛いことをつかれたときに、嘘がしばしば出たようだ。

中也は少年時代、「ちゅうや」という珍しい名前をからかわれたせいか、「自分の名前は森鷗外がつけた」という嘘を、吹聴するようになる。それぐらいなら可愛いものだが、両親を困惑させる嘘もついている。苦労して入学した学校を、ろくに出席しないまま、退学したのだ。しかも両親には、退学を2年以上も黙っていた。あとでバレる嘘を重ねる中也に、郷里の母フクも呆れていたらしい。

太宰の言い逃れの嘘と言えば、檀一雄《だんかずお》が記した熱海事件が有名である。太宰の妻に頼まれて、熱海で執筆中の太宰を尋ねた壇。しかし、すぐに金はなくなり、宿代も払えなくなる。太宰は恩師の菊池寛のもとへと借金に行くと宣言。しかし、檀がいくら待っても、太宰は帰ってこない……。というあらすじ。

この他に、柳田國男《やなぎたくにお》が書いたエッセイ「ウソと子供」も掲載した。柳田は民俗学者とし

（左）中原中也／（右）太宰治

て有名だが、若い頃には詩作に励む、文学者でもあった。

柳田が冒頭で記したのは、子どもの頃についた嘘について。自分の発言を取り繕うために、嘘を重ねた柳田少年。その苦しさが、導入部分で描かれている。その後に展開されていく、嘘のうしろめたさについての考察は、必見である。

柳田は、人を騙すことと冗談（戯《ざ》れ言《ごと》）を分けて、後者に寛容であるよう説いている。この視点に立つと、本章で紹介した中也や太宰の嘘は、人を騙しているようでありながら、冗談のような響きもある。家族や友人が見捨てなかったのも、そのせいかもしれない。苦しいけれど、どこか気の抜ける嘘の数々。ぜひご覧ください。

一、名付け親は森鷗外だと嘘をつく中也

中也はのちになって、お友達などに森鷗外さんが自分の名前をつけてくれた、と嘘をいっておったそうなんです。いつかも、私は大岡昇平さんから、「中也という名前は、鷗外がつけたというのはほんとうでしょうか？」と、たずねられたことがありました。

「いいえ、あれは中村緑野《りょくや》さんがつけたんですよ」

「ありゃあ、中也くんは嘘をいうた」

　私がほんとうのことをお答えすると、大岡さんはだまされておった、と笑ってらっしゃいました。中也はときどき、お友達などに、そんな嘘をいうておったようです。


（中原フク述・村上護編『私の上に降る雪は』より引用）

《一、名付け親は森鷗外だと嘘をつく中也》

《解説》

森鷗外が自分の名前をつけてくれたと嘘をつく中也。大岡昇平ら友人が信じたのは、中也の発言がそれなりに説得力があったからだろう。というのも、中也の父である中原謙助は、鷗外が校長を務めた軍医学校の生徒で、ふたりには親交があったからだ。

現在は作家として有名な森鷗外だが、在世中は陸軍の軍医と作家活動の二足の草鞋を履いていた。というより、軍医のかたわら、執筆をしていたと言ったほうが正確だろう。陸軍軍医としては最高位の、軍医総監にまで出世している。軍医学校の校長になったのは、30歳頃のこと。謙助は全国最年少で医学免許を取得したのち、軍医学校に入って鷗外の知遇を得た。

中也の本当の名付け親は、謙助と親交のあった軍医・中村緑野《りょくや》だ。ふたりが旅順に駐屯しているとき、中也は生まれた。赤子誕生の知らせを聞いた謙助は、緑野が命名した「中也」という名をつけるよう、手紙でフクに指定したというわけだ。

なお、中也自身は自分の名前をあまり好きではなかったらしい。「ちゅうや」という珍しい読みを、周囲にからかわれたのが一因だ。そんなコンプレックスを払拭しようと、命名者として鷗外の名前を出したのかもしれない。

二、学校を退学したことが母にバレるも開き直る中也

昭和三年父を失う。ウソついて日大に行ってるとて実は行ってなかったのが母に知れる。母心配す。しかしこっちは寧《むし》ろウソが明白にされたので過去三ヶ年半のかなり辛い自責感を去る。

（中原中也「我が詩観」中の「詩的履歴書」より）

《解説》

1926（大正15）年4月、中也は日本大学予科に入学する。予科は現在の大学における、教養課程に相当する。2年間の課程を経て、本科へ移るのが一般的だ。しかし中也は入学から5カ月後、試験をまったく受けないまま、親に黙って退学してしまう。のちに母フクは中也の嘘を知ってたいへんに驚いたが、それは以下のような経緯があったためである。

日本大学予科入学の前年から、中也は両親に心配をかけていた。というのも、中也は1925（大正14）年にも、早稲田高等学院・日本大学予科を受験するつもりだった。だが、前者は受験資格なし、後者は受験日に遅刻という理由で、入学の機会を逸してしまった。右文中の3カ年半というのは、受験失敗の期間を含んでいるだろう。その後、一年越しでようやく入れたのが、日大予科だった。

やっと安心できたと思った矢先に失望することになった母フク。一方で、母の心配をよそにして、中也は自責感から解放されたようだ。同人誌をつくったり、フランス行きを志したり、詩集の編集にのめりこんだりと、目の前のことに注力する。フクは気をやきもきさせながらも、多額の仕送りで中也を支え続けたようだ。

三、お金ほしさに自作自演の手紙を送ったと疑われる中也

中也君は学校はやめておるけど、
将来有望な人だから、
学資と生活費だけは送ってをあげなさい……

（中原フク述・村上護編『私の上に降る雪は』より引用）

《三、お金ほしさに自作自演の手紙を送ったと疑われる中也》

《解説》

両親にだまって、日本大学予科を退学した中也。母フクは偶然、その事実を知ることになる。日本大学の近くには、中原家の親類が住んでいた。中也は大学に通っていたときに、この家によく遊びにいったという。しかし突然、中也の音沙汰がなくなった。なぜかと思って親類が大学に問い合わせると、中也が学校をやめたとの返事が。親類は、中也退学の知らせを、山口へと届けた。

中也の退学を山口で聞きたフクは、非常に驚いた。すぐに中也へ手紙を送る。「あんたはこのごろ、学校へはいっていないそうだけど、どうして学校をやめたのか」と問いただした。ほどなく、見覚えのない人物から、フクのもとへ手紙が届いた。その手紙に書かれていたのが、右の文である。

タイミングのよすぎる手紙。しかも手紙の筆跡は、中也に似ている。フクは『私の上に降る雪は』で次のように疑っている。

「おそらく、あの子が偽名を使ってわからんように書いて出したものにちがいありません」

こう言いながらも、フクは中也へ仕送りを送り続けた。

四、怒鳴られた太宰が漏らした苦しい言い逃れ

「走れメロス」と熱海事件

檀一雄

あらゆる芸術作品が成立する根本の事情は、その作家の内奥にかくれている動かしがたい長年月の忍苦に近い肉感があって、それが激発し流露《りゅうろ》してゆくものに相違なく、それらの作品成立の動機や原因を、卑近な出来事に結《ゆ》えつけて考えてみるのは決していいことではない。いや、しばしば間違いですらあるだろう。だから、今から語る「熱海《あたみ》事件」を、「走れメロス」という作品が生まれた原因であったなどと、私は強弁するような、そんな身勝手な妄想も意志も持っていない。

ただ、私は「走れメロス」という作品を読む度に、何となく「熱海事件」が思い合わされて、その時間に耐えた太宰《だざい》の切ない祈りのような苦渋の表情がさながら目《ま》のあたり見えてくるような心地がするというだけのことである。

《四、怒鳴られた太宰が漏らした苦しい言い逃れ》

昭和十一年の暮であったか。

何しろ寒い時節の事であった。おそらく太宰が碧雲荘《へきうんそう》に間借《まがり》してくらしていた頃であったろう。本郷《ほんごう》の私の下宿に太宰の先夫人の初代《はつよ》さんがやってきたのである。用向は太宰が今熱海に仕事をしに行っているから、呼び戻して来てくれというのであった。

その時預った金は、太宰が兄さんから月三回に分けて送ってもらっている三十円。三十円全部はなかったかもしれないが、二十八、九円はあった。

熱海のその太宰の宿はすぐわかった。今の糸川《いとかわ》べりから海岸にそって袖ガ浦の方へぬけて行く途中であったような記憶がある。

太宰はひどく喜んで、三十円を受け取ってから、天婦羅《てんぷら》を喰《く》いに行こうと、私を誘った。袖ガ浦に抜けるトンネルの少し手前の、断崖《だんがい》の上に立っている見晴しのいい、イケスの天婦羅屋であった。途々《みちみち》女郎屋町のまん中のノミ屋のオヤジも誘い出していって、太宰はこのオヤジに金を渡し支払わせていたが、たしか十何円というあらかた持参金の半分近くがけし飛ぶような勘定だったことを覚えている。

それからはもう無茶苦茶だ。女郎屋の方に流連荒亡《りゅうれんこうぼう》。目がさめれば例のノミ屋のオヤジの店で飲みつづける。

或《ある》朝太宰が、菊池寛《きくちかん》のところに借金歎願《たんがん》に行ってくると云って、さすがに辛《つら》そうに振りきるようにして熱海をあとにして出ていった。成算あるのかどうか心許《こころもと》ないが、しかし、私は待つより外にない。

五日待ったか、十日待ったか、もう忘れた。私は宿に軟禁の態《てい》である。この時私が自分の汽車賃だけをでも持っていたならば、必ず脱出しただろう。

が、それさえ出来ず、ノミ屋のオヤジに連れられて、井伏《いぶせ》さんの家へノコノコと出かけていった汚辱の一瞬の思い出だけは忘れられるものではない。太宰は井伏さんと将棋をさしていた。私は多分太宰を怒鳴ったろう。そうするよりほかに恰好《かっこう》がつかなかった。

この時、太宰が泣くような顔で、

「待つ身が辛いかね、待たせる身が辛いかね」

暗くつぶやいた言葉が今でも耳の底に消えにくい。

五、呑みたくないと言いつつガブガブ呑む太宰

酒ぎらい

太宰治

二日つづけて酒を呑んだのである。おとといの晩と、きのうと、二日つづけて酒を呑んで、けさは仕事しなければならぬので早く起きて、台所へ顔を洗いに行き、ふと見ると、一升瓶が四本からになっている。二日で四升呑んだわけである。勿論《もちろん》、私ひとりで四升呑みほしたわけでは無い。おとといの晩はめずらしいお客が三人、この三鷹《みたか》の陋屋《ろうおく》にやって来ることになっていたので、私は、その二三日まえからそわそわして落ちつかなかった。一人は、W君といって、初対面の人である。いやいや、初対面では無い。お互い、十歳のころに一度、顔を見合せて、話もせず、それっきり二十年間、わかれていたのである。一つきほどまえから、私のところへ、ちょいちょい日刊工業新聞という、私などとは、とても縁の遠い新聞が送られて来て、私は、ちょっとひらいてみるのであるが、一向に読むところが無い。なぜ私に送っ

て下さるのか、その真意を解しかねた。下劣な私は、これを押売りではないかとさえ疑った。家内にも言いきかせ、とにかくこれは怪しいから、そっくり帯封も破らずそのままにして保存しておくよう、あとで代金を請求して来たら、ひとまとめにして返却するよう、手筈《てはず》をきめておいたのである。そのうちに、新聞の帯封に差出人の名前を記して送って来るようになった。Wである。私の知らぬお名前であった。私は、幾度となく首ふって考えたが、わからなかった。そのうちに、「金木町《かなぎまち》のW」と帯封に書いてよこすようになった。金木町というのは、私の生れた町である。津軽平野のまんなかの、小さい町である。同じ町の生れゆえ、それで自社の新聞を送って下さったのだ、ということは、判明するに到ったが、やはり、どんなお人であるか、それは思い出すことができないのである。とにかく御好意のほどは、わかったのであるから、私は、すぐにお礼をハガキに書いて出した。「私は、十年も故郷へ帰らず、また、いまは肉親たちと音信さえ不通の有様なので、金木町のW様を、思い出すことができず、残念に存じて居ります。どなたさまで、ございましたでしょうか。おついでの折は、汚い家ですが、お立ち寄り下さい。」というようなことを書きしたためた筈である。相手の人の、おとしの程もわからず、或いは故郷の大先輩かも知れぬのだから、失礼に当らぬよう、言葉使いにも充分に注意した筈である。折返し長いお手紙を、いただいた。それで、わかった。裏の登記所のお坊ちゃんなのである。固苦しく言えば、青森県区裁判所金木町登記所所長の長男である。子供のころは、なんのことかわからず、ただ、トキショ、トキショと呼んでいた。私の家のすぐ裏で、Ｗ君は、私より一年、上級生だったので、直接、話をしたことは無かったけれど、たったいちど、その登記所の窓から、ひょいと顔を出した、その顔をちらりと見て、その顔だけが、二十年後のいまとなっても、色あせずに、はっきり残っていて、実に不思議な気がした。Ｗという名前も覚えていないし、それこそ、なんの恩怨《おんえん》もないのだし、私は高等学校時代の友人の顔でさえ忘れていることが、ままあるくらいの健忘症なのに、Ｗ君の、その窓から、ひょいと出した丸い顔だけは、まっくらい舞台に一箇所スポットライトを当てたようにあざやかに眼に見えているのである。Ｗ君も、内気なお人らしいから、私同様、外へ出て遊ぶことは、あまり無かったのではあるまいか。そのとき、たったいちどだけ、私はＷ君を見掛けて、それが二十年後のいまになっても、まるで、ちゃんと天然色写真にとっておいたみたいに、映像がぼやけずに胸に残って在るのである。私は、その顔をハガキに画《か》いてみた。胸の映像のとおりに画くことができたので、うれしかった。たしかに、ソバカスが在ったのである。そのソバカスも、点々と散らして画いた。可愛い顔である。私は、そのハガキをＷ君に送った。もし、間違っていたら、ごめんなさい、と大いに非礼を謝して、それでも、やはりその画を、お目に掛けずには、居られなかった。そうして、「十一月二日の夜、六時ごろ、やはり青森県出身の旧友が二人、拙宅へ、来る筈ですから、どうか、その夜は、おいで下さい。お願いいたします。」と書き添えた。Y君と、A君と二人さそい合せて、その夜、私の汚い家に遊びに来てくれることになっていたのである。Y君とも、十年ぶりで逢うわけである。Y君は、立派な人である。私の中学校の先輩である。もとから、情の深い人であった。五、六年間、いなくなった。大試錬である。その間、独房にてずいぶん堂々の修行をなされたことと思う。いまは或る書房の編輯部《へんしゅうぶ》に勤めて居られる。A君は、私と中学校同級であった。画家である。或る宴会で、これも十年ぶりくらいで、ひょいと顔を合せ、大いに私は興奮した。私が中学校の三年のとき、或る悪質の教師が、生徒を罰して得意顔の瞬間、私は、その教師に軽蔑をこめた大拍手を送った。たまったものでない。こんどは私が、さんざんに殴られた。このとき、私のために立ってくれたのが、A君である。A君は、ただちに同志を糾合《きゅうごう》して、ストライキを計った。全学級の大騒ぎになった。私は、恐怖のためにわなわな震えていた。ストライキになりかけたとき、その教師が、私たちの教室にこっそりやって来て、どもりながら陳謝した。ストライキは、とりやめとなった。A君とは、そんな共通の、なつかしい思い出がある。

Y君に、A君と、二人そろって私の家に遊びに来てくれることだけでも、私にとって、大きな感激なのに、いままた、W君と二十年ぶりに相逢うことのできるのであるから、私は、三日もまえから、そわそわして、「待つ」ということは、なかなか、つらい心理であると、

《五、呑みたくないと言いつつガブガブ呑む太宰》

いまさらながら痛感したのである。

よそから、もらったお酒が二升あった。私は、平常、家に酒を買っておくということは、きらいなのである。黄色く薄濁りした液体が一ぱいつまって在る一升瓶は、どうにも不潔な、卑猥《ひわい》な感じさえして、恥ずかしく、眼ざわりでならぬのである。台所の隅に、その一升瓶があるばっかりに、この狭い家全体が、どろりと濁って、甘酸っぱい、へんな匂いさえ感じられ、なんだか、うしろ暗い思いなのである。家の西北の隅に、異様に醜怪の、不浄のものが、とぐろを巻いてひそんで在るようで、机に向って仕事をしていながらも、どうも、潔白の精進が、できないような不安な、うしろ髪ひかれる思いで、やりきれないのである。どうにも、落ちつかない。

夜、ひとり机に頬杖《ほおづえ》ついて、いろんなことを考えて、苦しく、不安になって、酒でも呑んでその気持を、ごまかしてしまいたくなることが、時々あって、そのときには、外へ出て、三鷹駅ちかくの、すしやに行き、大急ぎで酒を呑むのであるが、そんなときには、家に酒が在ると便利だと思わぬこともないが、どうも、家に酒を置くと気がかりで、そんなに呑みたくもないのに、ただ、台所から酒を追放したい気持から、がぶがぶ呑んで、呑みほしてしまうばかりで、常住、少量の酒を家に備えて、機に臨んで、ちょっと呑むという落ちつき澄ました芸は、できないのであるから、自然、All or Nothing の流儀で、ふだんは家の内に一滴の酒も置かず、呑みたい時は、外へ出て思うぞんぶんに呑む、という習慣が、ついてしまったのである。友人が来ても、たいてい外へ誘い出して呑むことにしている。家の者に聞かせたくない話題なども、ひょいと出るかも知れぬし、それに、酒は勿論、酒の肴《さかな》も、用意が無いので、つい、めんどうくさく、外へ出てしまうのである。大いに親しい人ならば、そうしておいでになる日が予《あらかじ》めわかっているならば、ちゃんと用意をして、徹宵《てっしょう》、くつろいで呑み合うのであるが、そんな親しい人は、私に、ほんの数えるほどしかない。そんな親しい人ならば、どんな貧しい肴でも恥ずかしくないし、家の者に聞かせたくないような話題も出る筈はないのであるから、私は大威張りで実に、たのしく、それこそ痛飲できるのであるが、そんな好機会は、二月に一度くらいのもので、あとは、たいてい突然の来訪にまごつき、つい、外へ出ることになるのである。なんといっても、ほんとうに親しい人と、家でゆっくり呑むのに越した楽しみは無いのである。ちょうどお酒が家に在るとき、ふらと、親しい人がたずねて来てくれたら、実に、うれしい。友あり、遠方より来る、というあの句が、おのずから胸中に湧き上る。けれども、いつ来るか、わからない。常住、酒を用意して待っているのでは、とても私は落ちつかない。ふだんは一滴も、酒を家の内に置きたくないのだから、その辺なかなか、うまく行かないのである。

友人が来たからと言って、何も、ことさらに酒を呑まなくても、よさそうなものであるが、どうも、いけない。私は、弱い男であるから、酒も呑まずに、まじめに対談していると、三十分くらいで、もう、へとへとになって、卑屈に、おどおどして来て、やりきれない思いをするのである。自由闊達《かったつ》に、意見の開陳など、とてもできないのである。ええとか、はあとか、生返事していて、まるっきり違ったことばかり考えている。心中、絶えず愚かな、堂々めぐりの自問自答を繰りかえしているばかりで、私は、まるで阿呆《あほう》である。何も言えない。むだに疲れるのである。どうにも、やりきれない。酒を呑むと、気持を、ごまかすことができて、でたらめ言っても、そんなに内心、反省しなくなって、とても助かる。そのかわり、酔がさめると、後悔もひどい。土にまろび、大声で、わあっと、わめき叫びたい思いである。胸が、どきんどきんと騒ぎ立ち、いても立っても居られぬのだ。なんとも言えず侘《わ》びしいのである。死にたく思う。酒を知ってから、もう十年にもなるが、一向に、あの気持に馴れることができない。平気で居られぬのである。慚愧《ざんき》、後悔の念に文字どおり転輾《てんてん》する。それなら、酒を止《よ》せばいいのに、やはり、友人の顔を見ると、変にもう興奮して、おびえるような震えを全身に覚えて、酒でも呑まなければ、助からなくなるのである。やくかいなことであると思っている。

おとといの夜、ほんとうに珍しい人ばかり三人、遊びに来てくれることになって、私は、その三日ばかり前から落ちつかなかった。台所にお酒が二升あった。これは、よそからいただいたものので、私は、その処置について思案していた矢先に、Y君から、十一月二日夜A君と二人で遊びに行く、というハガキをもらったので、よし、この機会にW君にも来ていただいて、四人でこの二升の処置をつけてしまおう、どうも家の内に酒が在ると眼ざわりで、不潔で、気が散って、いけない、四人で二升は、不足かも知れない、談たまたま佳境に入ったとたんに、女房が間抜顔して、もう酒は切れましたと報告するのは、聞くほうにとっては、甚《はなは》だ興覚めのものであるから、もう一升、酒屋へ行って、とどけさせなさい、と私は、もっともらしい顔して家の者に言いつけた。酒は、三升ある。台所に三本、瓶が並んでいる。それを見ては、どうしても落ちついているわけにはいかない。大犯罪を遂行するものの如く、心中の不安、緊張は、極点にまで達した。身のほど知らぬぜいたくのようにも思われ、犯罪意識がひしひしと身にせまって、私は、おとといは朝から、意味もなく庭をぐるぐる廻って歩いたり、また狭い部屋の中を、のしのし歩きまわったり、時計を、五分毎に見て、一図に日の暮れるのを待ったのである。

六時半にW君が来た。あの画には、おどろきましたよ。感心しましたね。ソバカスなんか、よく覚えていましたね。と、親しさを表現するために、わざと津軽訛《なまり》の言葉を使ってW君は、笑いながら言うのである。私も、久しぶりに津軽訛を耳にして、うれしく、こちらも大いに努力して津軽言葉を連発して、呑むべしや、今夜は、死ぬほど呑むべしや、というような工《ぐ》

《五、呑みたくないと言いつつガブガブ呑む太宰》

合《あ》いで、一刻も早く酔っぱらいたく、どんどん呑んだ。七時すこし過ぎに、Y君とA君とが、そろってやって来た。私は、ただもう呑んだ。感激を、なんと言い伝えていいかわからぬので、ただ呑んだ。死ぬほど呑んだ。十二時に、みなさん帰った。私は、ぶったおれるように寝てしまった。

きのうの朝、眼をさましてすぐ家の者にたずねた。「何か、失敗なかったかね。失敗しなかったかね。わるいこと言わなかったかね。」

失敗は無いようでした、という家の者の答えを聞き、よかった、と胸を撫《な》でた。けれども、なんだか、みんなあんなにいい人ばかりなのに、せっかく、こんな田舎までやって来て下さったのに、自分は何も、もてなすことができず、みんな一種の淋《さび》しさ、幻滅を抱いて帰ったのではなかろうかと、そんな心配が頭をもたげ、とみるみるその心配が夕立雲の如く全身にひろがり、やはり床の中で、いても立っても居られぬ転輾《てんてん》がはじまった。ことにもW君が、私の家の玄関にお酒を一升こっそり置いて行ったのを、その朝はじめて発見して、W君の好意が、たまらぬほどに身にしみて、その辺を裸足《はだし》で走りまわりたいほどに、苦痛であった。

そのとき、山梨県吉田町のN君が、たずねて来た。N君とは、去年の秋、私が御坂峠《みさかとうげ》へ仕事しに行ったときからの友人である。こんど、東京の造船所に勤めることになりました、と晴れやかに笑って言った。私はN君を逃がすまいと思った。台所に、まだ酒が残って在る筈だ。それに、ゆうべW君が、わざわざ持って来てくれた酒が、一升在る。整理してしまおうと思った。きょう、台所の不浄のものを、きれいに掃除して、そうしてあすから、潔白の精進をはじめようと、ひそかに計画して、むりやりN君にも酒をすすめて、私も大いに呑んだ。そこへ、ひょっこり、Y君が奥さんと一緒に、ちょっとゆうべのお礼に、などと固苦しい挨拶しにやって来られたのである。玄関で帰ろうとするのを、私は、Y君の手首を固くつかんで放さなかった。ちょっとでいいから、とにかく、ちょっとでいいから、奥さんも、どうぞ、と、ほとんど暴力的に座敷へあがってもらって、なにかと、わがままの理窟《りくつ》を言い、とうとうY君をも、酒の仲間に入れることに成功した。Y君は、その日は明治節で、勤めが休みなので、二、三親戚へ、ごぶさたのおわびに廻って、これから、もう一軒、顔出しせねばならぬから、と、ともすれば、逃げ出そうとするのを、いや、その一軒を残しておくほうが、人生の味だ、完璧を望んでは、いけませんなどと屁理窟《へりくつ》言って、ついに四升のお酒を、一滴のこさず整理することに成功したのである。

六、酒も注射も自殺もやめない太宰

あとがき〔『富嶽百景・走れメロス』〕《より》　井伏鱒二

昭和十年、太宰君は盲腸炎で阿佐ヶ谷の篠原外科に入院して、予後、パビナール注射の副作用から、注射の悪癖を覚えるようになった。「東京八景」には、このとき腹膜炎と胸部疾患を併発したと書いてある。私は二度か三度か見舞いに出かけたが、いつも面会謝絶で会えなかった。かなり重態であった。一箇月ばかり太宰君はその病院にいて、退院と同時に、悪癖を除くため世田ヶ谷の経堂病院に入院した。しかし悪癖は進行する一方であった。

この悪癖の影響で、当時の友人や編輯者《へんしゅうしゃ》たちから、太宰君は奇矯な人物だと見做された。薬品を買うお金を手に入れるため、四方八方かけずりまわる。呆然とした風で雑誌社に行き、ときには大声で泣いたりする。ひどく悄気込《しょげこ》んだりする。人を睨むこともある。しかし、中毒していることは他人に厳しくかくしていた。これは、この症状の患者の通有性だそうである。太宰君は経堂病院を出ると、転地療養の意味もあって船橋市本宿に一戸を持った。このころのことは「東京八景」に事実のままに書いてあるが、当時、中毒はすっかりなおったと云って巧みに私たちをだましていた。夏のころ、たまに船橋から私のうちに遊びに来て、将棋などさすときには、上布の着物を脱ぎすてて、大胡坐《おおあぐら》をかいた。勇ましく見え、病気とは思えない。パンツは、剣道着のように厚い木綿に刺子縫いを施したもので、白木綿に黒糸で縫いをしたものと、黒木綿に白糸で縫いをしたものと、来たときによって変っていた。あとになって初代さんからきかされたが、下腹部や股の注射のあとをかくすために、厚くて固い布を特に選んでいたそうである。こんなパンツをはいていると、痩せ細ってはいても、青年だけのことはあって水々しく見えた。しかし船橋の自宅からよこす太宰君の手紙には、いつも泣きごとばかり書いてあった。道を歩きながら、わんわん泣いたという手紙もある。大勢の人の見ている前で、泣き叫んだことが二度あったという手紙もある。稟質《ひんしつ》ゆたかな作家でありながら、必死となって原稿売込みに行き、ただ奇矯な人間だと思われて追い返されたのだ。九月十一日附の太宰君の手紙を左に引用して、当時の太宰君の焦燥を窺うことにしたい。

○幸福は一夜おくれて来る。

○おそろしきは

　おだてに乗らぬ男。

《六、酒も注射も自殺もやめない太宰》

飾らぬ女。
雨の巷《ちまた》。
○私の悪いことは、「現状よりも誇張して悲鳴をあげる」と、或る人、申しました。苦悩、高いほど尊い、など間違いと存じます。私、着飾ることはございましたが、現状の悲惨誇張して、どうのこうの、そんなものじゃないと思います。プライドのために仕事をしたことございませぬ。誰か、ひとり、幸福にしてあげたくて。
○私、世の中、いや四五の仲間を、にぎやかに派手にするために、しし食ったふりをして、そうして、しし食ったむくい、苛烈のむくい受けています。食わない、ししのために。
○五年、十年後、死後のことも思い、一言、意識しながらの、いつわり申したこと、ございませぬ。
○ドンキホーテ。ふまれても、蹴られても、どこかに、小さい、ささやかな痩せた「青い鳥」いると、信じて、どうしても、傷ついた理想、捨てられませぬ。
○小説かきたくて、うずうずしていながら註文ない、およそ信じられぬ現実。「裏の裏」などの註文まさしく慈雨の思い。（註――朝日新聞に書いた随筆）かいて、幾度となく、むだ足、そうして、原稿つきかえされた。
○ひと一人、みとめられることの大事業なるを思い、今宵《こよい》、千万の思い、黙して、（中略）

臥《ふ》します。
○昨夜、私、上京中に、わがや泥棒はいりました。ぶどう酒一本ぬすんだきりで、それも、そのぶどう酒、半分のこして帰ったとか、きょう、どろの足跡、親密の思いで眺めています。
○十月入院、たいてい確定して、医師は二年なら、全快保証するとのこと、私、その医者の言を信じています。
○信じて下さい。
○自殺して、「それくらいのことだったら、なんとか、ちょっと耳うちしてくれたら」という、あの、残念、のこしたくなく、そのちょっと耳打ちの言葉。このごろの私の言葉、すべてそのつもりなのでございます。

当時の、いま一つの手紙を抜粋する。

（前略）からだを損じて寝ています。けれども死にたくございませぬ。未だ、ちっとも仕事らしいもの残さず、四十歳ごろから辛うじて、どうにか、恥かしからぬもの書き得る気持で、切実、四十まで生きたく存じます。タバコやめました。注射、きれいにやめました。酒もやめました。ウソでございません。生き伸びるために、誠実、赤手、全裸。不義理の債金ございますが（中略）死なずに生きて行くために。友人すべて許してくれ

ることと存じます。（後略）

（註——ところが数日後の手紙には、死ぬつもりで千葉の海岸へ行ったが引返したというようなことが書いてある。わんわん泣いて、ビールを飲み、昼寝をして目がさめたら、夜の二時であったと書いてある。注射を止《よ》したというのも嘘であった。

次に、いま一つ手紙を抜粋する。）

（前略）なおるかどうか「なおらぬ」というのは、「死ぬ」と同義語です。いのち惜しからねども、私、いい作家だったのになあ、と思います。今年十一月までの命、いい腕、けさも、つくづくわが手を見つめました。（中略）私、死にます。目のまえで腹掻《か》き切って見せなければ、人々、私の誠実、信じない。（中略）誰も遊んでくれない。人らしいつき合いがない。半狂人のあつかい。二十八歳、私に、どんないいことがあったろう。了ねん尼（この名、正確でない）わが顔に焼ごて、あてて、梅干づらになって、やっと世の中から、ゆるされた。了然尼様が罪は——ただ——美貌。（中略）自分でいうのも、おかしく、けれども「私、ちいさい頃から、できすぎた子でした。一切の不幸は、そこから。」（中略）私の「作品」又は「行動」わざと恥かしいバカなこと撰んでして来ました。小説でもかかなければ仕様がない境地へ押しこめる為に。……

二、その場しのぎ・言い逃れの嘘《中原中也たちの嘘》

「東京八景」と初期の「思い出」は、太宰君の自伝的作品という意味で、いわば対幅のようなものである。私は「思い出」に扱われている時代の太宰君のことは知らないが、「東京八景」は、私の知る限りでは、小細工を抜きにして在りのままに書かれている。この作品を読むと、東京に出て来てから約十年間の太宰君の経歴が一望である。年譜や解説を見るまでもない。太宰君は何かの事情で思いを新たにするごとに、自分の年譜と解説を兼ねたような力作を書いている。かつて太宰君の実兄津島文治氏は、太宰君のこの種類の作品について、「あまり自分のことばかり書くと魔がさすものだ。気をつけなくっちゃいけない」と云ったそうである。

七、取り繕うために嘘を重ねて気まずくなる

ウソと子供

柳田國男

一

近頃読んでみた某県の警察資料の中に、次のような一条の記事があって深く考えさせられた。ウソの話の前置きではあるが、これだけは珍しくまた大切な真実である。ある小学校の上級生の親が出頭して、昨日子供が踏切りの近くで、三千円在中の包みを拾いました。それを通りがかりの巡査が取り上げて、何の手続きもさせずにそのまま持って行ってしまいましたという届出をした。それは容易ならぬ事件だと、さっそく子供を喚《よ》んで聴いてみるのに、いかにもはきはきとしていて話は事実らしい。しかも一方警察官の側には、何一つの形跡がない。そこで老練なる署長が、なお少年と差向《さしむか》いでいろいろと尋ねているうちに、ほんのわ

ずかな端緒《たんしょ》から、それが虚構であることを見つけ出したのである。どうしてまたこのような根もない作り事をする気になったか。もともと成績も悪くない純良な生徒なので、いっそうそれが不審でありました。だんだん物柔かに説諭《せつゆ》して、ようやくのことでその事情が明らかになったという。この子供は、最初三千円を拾った夢を見て、朝まで覚えていて非常に快い感じを持っておった。それを学校で仲よしの隣の子に話すとき、夢というのが惜しかったものか、本当に拾ったような話をしておいて、それを自分はもう忘れかかっていたのである。ところが隣の子が還《かえ》って家でその話をする。親がすぐそれを信じて悦《よろこ》びにやって来る。こっちではいっこうそんな事は聞かぬから、息子を喚んで尋ねる。今さらウソだったとも言われず、金は現にないのだから、よんどころなく巡査が持って行ったと言い、それからだんだん事が大きくなって、根が利口な子であったために、かえって次から次へともっともらしい空《そら》言《ごと》を、こしらえることになったのである。稀にはこの類《たぐい》の虚説もなきにあらず、注意すべき事なりと、この一件の報告者は述べている。

二

私にはこれがさほど稀なる出来事ではないような気が今でもしている。と申すわけは、自

《七、取り繕うために嘘を重ねて気まずくなる》

分も九つの歳《とし》の事だったが、まことに些細《ささい》な行きがかりから、ほとんど二年越しに苦しいウソをついていた経験があるからである。今考えてみても決して快い経験ではないが、学校で親類の多い豊かな家の子供たちが、しばしば訪問客がありお土産があった話をするのを聴いて、何か肩身の狭いような負けたくないような気がしたあまりに、つい口軽く自分の家へも、このごろ泊り客が来ているという事を言ってしまった。ところが不幸にして私は年上の級に編入せられていて、とにかく世間の知識はずっと仲間の方が進んでいたから、だんだん追窮せられて、いよいよウソを成長させなければならぬはめに陥ったのである。それでそのお客が城下の良い育ちの者であり、女の親子づれの、しかも美しい人であるようになったのみならず、どういうわけであったか、その泊り客を還《かえ》って行かせることができなくなって、永逗《ながとう》留《りゅう》の理由と、きょうは何をして遊んだかを、毎日のように作って報告しなければならぬのには弱った。後には次第に相手も飽きて尋ねなくなったが、時々はもっとウソをつかせるために、子供仲間が訪問して来るにはことに閉口した。小さな宅であったけれども、折節《おりふし》奥の間の押入れの戸を取り替えて、まっ白なからかみ戸にしたのを幸いに、あの向うに今一間ある、開けると叱られるなどというと、急いで家の後へ廻って見る子供のあったことも記憶している。つまり相手は薄々という以上に、作り事であることを知っており、こちらもまた少しはそれを感じていたのだが、不幸にして手を叩いて「あれは皆ウソだ」と、名乗る機会を逸《いっ》したのである。そこで次の年に家に事情があって他の土地へ引き移り、生まれた家を売ったのは不幸だと思ったが、この問題がそのために終結しただけは、やれやれ安心という感じであった。

三

こういう実験を持っているので、私は金を拾った夢の児《こ》の話を聞いても、まことにとんだ事だとは思わぬのみならず、人のよくいう『猿蓑《さるみの》』の連句の中の、

　人も忘れし赤そぶの水　凡兆《ぼんちょう》
うそつきに自慢言はせて遊ぶらん　野水《やすい》
　又も大事の鮓《すし》を取出す　去来《きょらい》

とある一続き、すなわち大切なスシをご馳走しながら、知れきったウソ話を一所懸命にしている光景なども、ただおかしいとばかりは思うことができないのである。世間で通例に想像している以上に、ウソをつきたくなる動機は種々様々である。その内容から言っても、以前は「ウソらしきウソはつくとも、誠らしきウソはつくな」ともいって、そのすべてを悪い事とは考えておらず、結果から見ても、中にはおかしがってわざわざ聴きに来る者もあったく

らいで、つまりは担《かつ》がれている時間の長さが、面白くないと面白いとを区別していたのである。小さい児などのウソをついているのを注意して見ると、相手が笑って聴けば笑いながら、いつまでも語り続けるが、やや真顔になって信じてしまいそうな容子《ようす》が見えると、あわてて「今のはウソなのよ」と取り消そうとする者と、さらに一歩を進めて効果を見ようとする子とがある。いずれにしても最初は気軽な戯《たわむ》れの心持をもって、これを試みない者はないのであるが、「ウソつき泥棒の始まり」などと一括して、これを悪事と認定するような風潮が起った結果、彼等《かれら》はおいおいにウソを隠すようになって来て、新たに不必要に罪の数を増したのである。こういう点にかけては、近代人はかえって自由でない。だから今少し問題の本末を、静かに考えてみる必要があると思う。

四

古人はもちろん偽瞞《ぎまん》が悪事であるは知っていたが、イツワリとウソとには、ほぼ明瞭な区別が立ててあった。ウソという名詞がこのごろのような意味に使われるのは、格別古いことではないようである。能の狂言の「こんくわい」に「何のウソを申しましょうぞ」、同じく「禁野《きんや》」に「雉《きじ》はウソじゃ、おのれをたった一箭《ひとや》で射てやろうぞ」。これなどがまず早い例のように思われる。それ以前は単にある一地方の方言として、ウソを偽瞞の意味に用いていただけで、少なくとも京都ではそれを知らなかったのである。清輔《きよすけ》の『奥儀抄《おうぎしょう》』という歌の書に「ある人のいわく、ひむがしの国の者はそらごとをばヲソゴトというなり」とあって、本《もと》居《おり》先生などは、それが今日のウソと同じだろうといっておられる。ヲソは『万葉』の「烏《からす》とふ大をそ鳥」の歌以来、単におどけ戯れの意味に用いられていたのに、関東の人は人が好《よ》くてソラゴトを知らなかったか、もしくは頭が緻密《ちみつ》でなくて二者の区別を感じなかったのか、とにかくに「偽り」をもウソというのが、この地方の方言であった。『物類称呼《ぶつるいしょうこ》』という百五十年ほど前に出た諸国方言集にも、安房《あわ》・上総《かずさ》にてはイツワリをウソヲカタルというと見えていて、東国では依然としてその古い伝統が保存せられていた。がしかしそれは決して全国的ではなく、常陸《ひたち》では虚偽をチク、会津ではハラアタ、米沢ではテンツ、九州はほぼ一円に、昔のままにソラゴツといい、能登の一部分では戯《ざ》れ言《ごと》の方をウソツキといっている。すなわち元来は東京近傍《きんぼう》の、いたって狭い地域だけが、ウソを偽りの意味に使っていたというに過ぎぬのである。

五

《七、取り繕うために嘘を重ねて気まずくなる》

それを阪東武士《ばんどうぶし》の進出につれて、京都が真似をして流行させるようになったものらしい。根源はいたって手軽に、むしろやや不精確《ふせいかく》なのを承知の上で、かえって遠慮なくこの語を使用したものとは思われる。『醒睡笑《せいすいしょう》』という笑話集《しょうわしゅう》は、寛永の初年に世に出たものだが、その中にはウソツキの話が五つ六つあって、これはいずれも今日いうところのウソである。ところがその書物のいちばん初め、

「言へば言はるゝ物語」の条《くだり》には、「何ゆえにそらごとをウソとはいうぞ。さればなり。鷽《うそ》という鳥は木のそらにて琴を弾くゆえに、うそをばそらごとというなり」とある。鷽が樹《き》の枝にとまってたびたび足を踏みかえるのを、うそ琴弾くと昔の人は言っていた。これはそれから出た軽口の作り話で、こんな話こそはまさしく古風のもの、すなわち能登半島などでいうところのウソツキの方である。つまり言葉は昔からあって、用法と内容とが少しずつ変って来た一例と見られる。ソラゴトとてもその語義から見れば、単に浮辞《ふじ》というくらいなことで、悪い意味はないのだけれども、それを有害にして人の憎む所業に宛ててしまうと、そうたびたびはこれを使うこともできぬので、わざと他《ほか》にもっと漠然とした語を求めたものらしい。ウソがその代用の目的に用いられたのは、これは是非もないことだとしても、それならば別に小児《しょうに》やただの人のために何かもう一つ、無害な名詞を用意してやらねばならなかったのである。彼等《かれら》の間には、ウソは最初の意味をもって、すなわち騙そうという目的でなしに、

二、その場しのぎ・言い逃れの嘘《中原中也たちの嘘》

今もって盛《さか》んに実用に供《きょう》せられている。それをその隣では新しい意味で使うゆえに、世間には無用の混乱を生じたのである。近世の文学の中にも、いくらでも例が見られるが、町の女たちは何かというと「ウソよ」とか「ウソばっかり」とかいう言葉を、愛嬌に使っていたことは人の知る通りであり、ついこのごろまでも「ウソおっしゃいよ」などと、平気でいう人がたくさんあるのである。これをうっかりと英語などに直訳して、you lieだのlierだのと言おうものなら、それこそ大変な騒ぎになるだろう。つまりはウソという語が以前のソラゴトと同じように、目下《もっか》だんだんと憎むべき語に変化して行こうとしているのである。近頃この趨勢《すうせい》を何となく感じた者が、「ウソおつきなさいよ」の代りに「ごじょうだんでしょう」を用いるようになった。これに冗談という文字などを当てて、むだ口のことと解する人もあるが、そんな日本語があろうはずはない。これはまったく以前のゾウダンすなわち雑談から出ているので、少しでもこんな場合にあてはまる語ではなかった。しかし他に致し方もないので、私などもこれを使っている。たとえば子供は今でもよく、単なるイイエのところにウソといい、または人が戯れに頓珍漢《とんちんかん》なことをいうと必ず「ウソでしょう」という。それにしかりと答えれば、当世のいわゆるウソツキと認められる危険があるゆえに、我々はわざわざこれを「いいやジョウダンだ」と訂正する必要を感ずるのである。まことにむだな手数と言わなければならぬ。

六

こういう歴史のある佳《よ》い言葉は、もっと大切に保存しておきたいものだと思う。そういう中でもこの混乱のお蔭《かげ》に、最も迷惑をしているものは、琴を弾くという鳥の鷽《うそ》であった。太宰府や亀井戸の天神さまでは、春の御祭にウソ替えといって、この鳥の形を木に彫ったものを、知らぬ人どうし交換する面白い風習があるのだが、あれなどはこのために行く行く嫌われるようになるかも知れない。ウソという鳥の名は、本来は啼《な》き声から来ている。すなわち人間のウソも、かつてはあんな声をしていたので、つまりは真面目らしくない作り声であった。口をすぼめて唇の輪を円く、突き出したままで音を発すれば、そのウソの音が出る。すなわ今日のウソブク（嘯く）である。ただし必ずしもこの一つの声と定《き》まったわけでもないことは、鳩などを喚ぶときの作り声もウソなれば、一種竹製の笛にもウソ笛というものがあって、その音はまた大分ちがっている。とにかくに誰が聴いてもいと容易に、本物でないとわかるものが昔のウソであった。まずこんなにまで苦心をして、古人はウソのまに受けられることを防いでいたのである。

七

しからば何の必要があって、わざわざその面倒なウソをつこうとしたかと疑いたもうお方もあろうが、それはあまりにも祖先の生活に思いやりがない人だということになる。ラジオも映画もない閑散な世の中では、ことに笑って遊びたい要求が強かったのである。人が何人集まっても、誰もウソをつく者がないという場合は、ちょっと想像してみても、いかに落《らく》莫《ばく》無《ぶ》聊《りょう》なるものであったかがわかる。その上になおウソは大昔から、人生のためにははなはだ必要で平素これを練習しておかなければならなかったのである。鬼魔《きま》、猛獣《もうじゅう》、毒蛇《どくへび》のごとき、天然の強敵があった場合はもちろんのこと、人が二つ以上の群に分れて相隣《あいとなり》する場合にも、永い間にはどうしても争闘《そうとう》しなければならなかった。頭数とか腕力とかで、初めから負けとわかっている者でも、必ずしも逃げ匿《かく》れまたは降伏するとはきまっていない。やはり勝ちたいがために智力《ちりょく》いっぱいの策謀《さくぼう》を講ずる。これが人生における偽瞞というものの最初の実用であって、敵に対してはずいぶん思い切ったことをしても、ただ誉められるばかりであったことは、歴史を読む者のしばしば意外とするところである。それが何らの教育もなくまた習練もなしに、行き当りばったりにできたわけはない。はっきりとした師弟の道などの起らぬ以前は、群として始終この準備を心掛けていたので、人が年頃になるまでには農作でも漁《ぎょ》猟《りょう》でもはた武術でも、いつの間にか一人前になっていたのと同じように、少しずつの手腕の差等はあるにしても、とにかくに時代相当の程度に、用に臨んで人を騙すだけの能力は具《そな》えている必要があった。そうしてウソは要するに敵を欺《あざむ》く術の実習、相撲で申すならば「申合せ」のごときものであった。

八

しかしそういう目的から始まったものならば、敵を欺くためには諸葛孔明《しょかつこうめい》、山本勘助《かんすけ》という類の軍師があって、すでに専門の技術として研究せられる以上、くだらぬウソは止《や》めたらよさそうに思われるが、その頃にはもう独立して一つの芸能、一つの民衆娯楽になってしまっていたから、止めてしまうことができなかったのである。突飛《とっぴ》な例だが動物の中では、狗《いぬ》の児《こ》などを見ているとよくわかる。一生の間にはほとんど一回も、敵獣と闘うべき必要のない家の小狗までが、二匹以上集まれば咬《か》み合いの稽古ばかりしており、しかもこれをもってただ一つの少年時代の遊戯としているのである。彼等の中でも、やはり少し遁《に》げて相手に追わせてみたり、わざと倒れて下から噛んだり、武力に加味して若干の智慧を働かせているのを見かける。そうしてこんな真剣でもない勝負から、若い者だけはかなり大きな興味と昂《こう》奮《ふん》とを、味わっているらしいのである。我々の家の子供には、相手の間違えたりまごついたりするのを見て、高笑いする子がよくある。実害のないのをほぼ見定めてから、ひょいとウソをつこうとするなども性分であって、無用な悪癖《あくへき》のように今では見られているが、昔はこれが必ずしも攻撃の場合だけでなく、自衛の法としてもぜひ必要なる修業であって、今でも私たちは最後の総決算の上から、小さいものにこの嗜好《しこう》のあったことを、社会の歴史としては幸福だったと思っている。もちろん弓や刃物があぶないと同様に、この技術にも折々の濫《らん》用《よう》があった。敵でもない者がこれによって傷つき、もしくはあまりに敵が少なくなったために仲間の誰かを敵にして、真剣を試みる者が稀にはあった。しかしそんな懸念《けねん》があるために、総括してこれを制止しようとするのは近頃のことで、以前は土俵を作って角力《すもう》を取らせ、あずちを設けて弓を射させ、老若男女がこれを見物したように、この面白い智慧の試合をさせて、ともどもにこれを笑っていたもので、つまりウソという関東の方言は、一種剣術でいうならば、お面やお籠手《こて》のごとき技術の名称であったのである。

九

ウソがこうして競技の一つとなった以上は、またこの道の名人上手《じょうず》ができるのも当然で、

《七、取り繕うために嘘を重ねて気まずくなる》

そのために評判はますます高く、天分ある者の才能はおいおいにこれに向って傾注《けいちゅう》せられ、末にはわざわざあの男にならば、すこしばかり騙されてみたいというところまで進んだ、人に重んぜられる芸術となったようだが、その代りに実用の方とはだんだん縁が遠くなったことは、これもまた今日のスポーツなどと同じである。童話の中には奥州一番のウソツキがあって、京から京一番のウソツキが、ウソ競《くら》べにやって来て遁《に》げて還《かえ》ったなどというのがあるが、そういう昔話のウソは、たいていはいかなる愚《おろ》か者をも、騙すことのできぬようなものばかりであった。以前は村々には評判のウソツキという老人などが、たいていは一人ずつ住んでいて、たとえば十返舎一九《じっぺんしゃいっく》の最期《さいご》の花火線香のように、死んだ後までもその逸話をもって、永く土地の住民を大笑いさせている。その中にはあるいは『猿蓑《さるみの》』の俳諧に出て来るような、いわゆるまことらしきウソをつく者も少しはあったろうが、そのウソがわかれば馬鹿にされ、まに受けさせれば人が怒って、とうてい十分の人望を博することはできなかった。人望のあるウソは必ず話になっている。むつかしい語で申せばもう文芸化している。おやと思って聴いているうちに、すぐにウソと解《わか》っておかしくなるもの、または最初から思いもよらぬ奇抜なことを、おれが若い頃になどと言って談《かた》るのだから、聴衆の方でもいたって心安く、その技術を鑑賞することができたので、これがなかったら我々の文学は、今日のように愉快に発達することができなかったのである。

一〇

実際またウソ修行の昔話にもあるように、多勢の中にはこの技術をもって立身した者もあった。太閤《たいこう》秀吉の寵を受けたという曾呂利新左衛門《そろりしんざえもん》などはその一人で、昔は咄《はなし》の者とも名づけて大名たちが、そういう名人のウソツキを抱えていた時代がある。これなどは実は見かけによらず骨の折れる職務であった。同じ話で人は二度は笑わぬから、始終新しい種を貯《たくわ》えておかねばならぬ。それを聴く人がウソと看破《かんぱ》し得る程度に、しかもまことしやかに語らなければならなかったのである。太閤が諸士に酒を禁じて、酒のためにご不興を蒙《こうむ》る者が多かった頃、曾呂利だか誰だか真赤な顔をして御前《ごぜん》に出て来た者があった。その方は酒を飲んで来たか。イヤあまり今朝は寒いので、焚火《たきび》をして当って参りました。ウソをつけ、おれが嗅《か》いでみようこれへ出え。いやこれは樽柿《たるがき》くさい。飲んで来たに相違《そうい》ないというと、さようでござりましょう。柿の木を焚いて当りましたから。こういうウソは太閤ならばたいていは笑う。が万一慧敏《けいびん》でない大名に向ってついたとすれば、馬鹿にするなと言って必ずやお手討《てうち》であったろう。この加減がひどくむつかしかったのである。

一一

《七、取り繕うために嘘を重ねて気まずくなる》

だから相手を視《み》て常にその智力相応に、害なく手ごたえのあるという程合いをきめる必要があった。これが兵法でも碁将棋《ごしょうぎ》でも、永遠に師範役の苦心である。村の聴衆などはだいたいが幼稚だから、いつも少しずつ前へ引き出して、その鑑賞力を養成してやる必要さえあった。それをいささかも斟酌《しんしゃく》せずに、自分勝手なウソをつくのが「欺」くであって、アザムクはアザ笑うなどと同じく相手を愚《ぐ》と認めること、すなわち仇敵《きゅうてき》を意味するアダと、もとは一つの語だったらしいのである。こういう事をすればすなわち悪人で、これと曾呂利との境目はほんの紙一重であった。ゆえに人生の笑いを改良してやろうという親切心がなくなると、多くはこの才能は私慾《しよく》に利用せられ、ついには社会をしてウソそのものをさえ憎むに至らしめるのである。古人は決してそんな動機をもって、ウソの研究はしなかった。それだからその志が永く世に遣《のこ》っているのである。『私可多咄《しかたばなし》』という本に出ている二つの話。

▽昔、比翼《ひよく》の鳥の物語をする者あり。この鳥は二羽つばさを並べて空を翔《か》けると見えたなどいえば、その座にウソツキ居合せて言いけるは、我等もその鳥をいつぞやら見たが忘れた。またそれに似た魚を能登国の海にて見た。一ぴきの魚のあたまへ、今一ぴきの魚の頭を挿《さ》し込みて二ひき並べてありく。すなわち七月に用ゆる刺鯖《さしさば》のことじゃ。海にててあのさし鯖のひらりひらりとありくを、見ぬ衆に見せたいことじゃ。

▽昔、いたら貝は海にある時はいかようにして捕《と》るぞと問いければ、ウソツキ答えて曰《い》う。あの貝杓子《かいじゃくし》ほど、海にて取りやすき物はない。竹の柄《え》のところを捕《と》ゆるというた。これは三百年後の今日までも、メザシが隊を組んであるいている話、または蒲鉾《かまぼこ》が板に乗って泳いでいる話として残っている。こういう話を少しずつ時代に応じて新しくして語る者を、我々はウソツキ弥次郎《やじろう》と呼んでいた。しかも彼等の職業は、もちろん人を腹立たせる職業ではなかったのである。

一二

東北各県では、黄金の牛の昔話が、伝説として各地の山村に伝わっている。すなわち今も盛岡あたりで、カラメテカラメテとはやして歌っている「金のべこ子に錦《にしき》の手綱《たづな》」の物語である。佐々木喜善《きぜん》君の『東奥異聞《とうおういぶん》』の中に、詳しくこの問題が説いてあるが、かつてある地の金山が極盛《きょくせい》の時に、牛を牽《ひ》き出したとも、牛の形をした大金塊《だいきんかい》を得たともいい、その時が全盛の行止まりでたちまちまぶが崩れ落ち、さしものさかり山が一夜のうちに滅びてしまったというのが普通の形である。その時何百人または何千人の金山人足《にんそく》の中で、たった一人だけ偶然に活《い》き残って、その最後の場面といろいろの前兆とを、語り伝えたということになっ

《七、取り繕うために嘘を重ねて気まずくなる》

ているが、その男の名が数十箇《か》所の実例において、たいていはウソトキまたはオソトキと呼ばれているそうである。ちょうど出雲《いずも》神話の大国主命《おおくにぬしのみこと》のごとく、平生は馬鹿にされ除《の》け者にされていたのだが、かえって彼ただ一人この幸運に恵まるるしるしであったようにも語られている。いかなる理由をもって彼の名をウソトキといわねばならなかったかを、佐々木氏は訝《いぶ》かっているが、私だけにはほぼ解《わか》るような気がする。つまりはウソトキが活きてこのウソを説かなかったら、我々の知らねばならぬ大きな歴史の一つが、この世の中から消えてしまったろうからで、単に昔の聴衆がこれほどまで、虚言に寛大であったという以上に、笑うと夢みるとの差こそはあれ、とにかくにこの人生を明るく面白くするためには、ウソを欠くべからざるものとさえ考えている者が、昔は多かったことを示している。芝居には作者があり、役者彼自らが政岡《まさおか》でなく、武部源蔵《たけべげんぞう》でもないことをようく知りながら、わざわざ泣くために鼻紙を用意して、見物に出かける奥様さえもとは多かった。それに何ぞや、申しにくいことではあるが、書くかと思えば身辺雑事小説、何一つの物新しい実験もせぬ癖に、筆を自身の見聞の世界に限って、誇張を畏《おそ》ること虎狼《ころう》のごとく、ありのままならすなわち文学だと思っている者があり、一方にはまたたまたま小児などの自然かつ自由なるウソを聞くと、慌《あわ》ててこれを叱りまた戒《いまし》めようとする者が多くなったのである。これでは我々の世の中が淋しくつまらぬものになって、ぜひなく今一段と下品な嗚滸《をこ》の者を雇い、いたって猥褻《わいせつ》なる事実談でも聴いて笑うの他はなくなってしまうかも知れない。

一三

近世の文学論の中には、いかにも中途半端な写実主義というものがあった。生活の真の姿と名づけて、ただ外側の有《あ》り形《かた》のみを写したものまでが、文芸として許容せられ、そうして我々が眼ざめて、いかなる夢を見るかを省みなかったのである。幼い者の胸に浮《うか》んで来るソラゴトに、どこに真実と対抗するだけの作為《さくい》があり、彼等の戯れたい心と、快く活きてみようとする試みの、いずれの部分に自然と背いたところがあったろうか。我々はただ一方の害ばかりを恐れて、急いでたくさんの花に咲く二葉を摘んでしまったが、それでも雑草のごとき物陰のきたないウソは、そのために少しでも減じようとはしないのである。ほんに無益なる束縛といわなければならぬ。以前ちょうど私がただ一人で、家へ親子の泊り客を連れ込み、毎日の悪戦苦闘を続けていた頃に、三つになる末の弟、後に相応な画家となった者が、おかしいウソをついた。その顛末《てんまつ》を略叙《りゃくじょ》すると、わずか一町ほどある豆腐屋へ、強《し》いて志願をして油揚げを買いに行き、還って来たのを見るとその揚豆腐のさきが、三分ばかり食い欠いてあった。そうしていま上坂《うえさか》の方から鼠《ねずみ》が走って来て、味噌こしに飛び込んでこれだけ食べて行った、と彼は説明したのである。ご承知の通り我々の家庭では、小児のいやがるようなことは何でも鼠がする。彼に悪名をなすりつけることは、大人もよく用いるウソの一つの様式であった。三つになる児がそれをもう学んでいて、一町ほどの間に一つの小説を編んだのであった。幸いにしてこのウソの聴衆は、同情に富んだ人ばかりであったからよかった。私は今でもその折の母の顔をよく覚えているが、ずいぶんやかましい人だったけれども、この時ばかりはおかしそうに笑った。そうして快くこの幼児にだまされて、彼のいたいけな最初の智慧の冒険を、成功させてやったのである。

一四

こういう場合に、笑いたくならぬおかあ様は、まず少なかろうと思う。しかも考え深い母ほど、それを笑うのを躊躇《ちゅうちょ》するのは、まったくウソの鑑賞法の退歩である。この空想の自由を取り戻すためにも、我々は今少し以前の世の実情を知っておかねばならぬと思う。歴史の学問は、単にこうであったを説けばよいので、それが善いか悪いか、後にはどうなるかどうならせるがよいかの判断には、参与する義務はないのであるが、今日の母様たちがあまりにウソというものを、怖《おそ》れておいでになるのがお気の毒だから、ただ一言だけ実際上の意見を述べておく。子供がうっかりウソをついた場合、すぐ叱ることは有害である。そうかと言って信じた顔をするのもよくない。また興ざめた心持を示すのもどうかと思う。やはり自分の自然の感情のままに、存分に笑うのがよいかと考えられる。そうすると彼等は次第に人を楽しませる愉快を感じて、末々明るい元気のよい、また想像力の豊かな文章家になるかも知れぬからである。

三

いたずらの嘘
——芥川龍之介たちの嘘——

いたずらの嘘が引き起こす笑いと冷や汗

「文豪」という言葉には、堅苦しいイメージがつきまとう。作品は小難しそうだし、何から読めばいいのかよくわからない。それに当人の写真をみると、表情がどことなく怖くて親しみにくい……。

そんなふうに躊躇《ちゅうちょ》している方はまず、「いたずらの嘘」を通じて彼らの魅力に触れてみてはいかがだろうか。

たとえば芥川龍之介は、真面目な性格だった半面、親しい人からはいたずら好きとして知られていた。友人へ、お金を借りていないのに借金を返せないと嘘のハガキを送る、なんてこともしている。

太宰治の恩師である井伏鱒二《いぶせますじ》も負けていない。学生の頃に森鷗外に対して、いたずらの手紙を送っている。その嘘を鷗外が信じてしまったものだから、井伏としては心苦しかったらしい。鷗外没後にこの嘘を告白している。その報いというわけではないが、太宰が作品のなかで、井伏を嘘でからかうこともあった。

一方で、夏目漱石は幼い頃から嘘が嫌いで、正直者でありたいと思っていたようだ。少年時代、友人から冗談で嘘つきだと言われたことに、非常に狼狽したらしい。

笑える嘘に冷や汗ものの嘘。いたずらが引き起こす数々のリアクションをみていこう。

（上左）芥川龍之介（国会図書館所蔵）／（上右）井伏鱒二（国会図書館所蔵）
（下左）森鷗外／（下右）夏目漱石（国会図書館所蔵）

一、嘘のハガキを送るのが好きな芥川

いたずらっ子――芥川龍之介の一面

小島政二郎

芥川さんは、東京の下町っ子だけあって、一面愉快ないたずらッ子だった。

例えば、現在では四月一日がエプリル・フールであることを知らない人はないだろうが、私達の青年時代には、ごく少数の人しか知らなかった。いや、知ってはいても、すぐピーンと頭に来ないほど「その日は嘘をついてもいい日」「嘘をつかれても、嘘に乗ってはならない日」という風には、今の人のように常識になっていなかった。

その頃芥川さんは、「三田文学」の南部《なんぶ》修《しゅう》太郎《たろう》と一緒に湯河原温泉に行っていたが、エハガキに南部の手で、

「今日午前十時頃、散歩の途中芥川君が足を辷《すべ》らして藤木川の流れに落ちて、左の足首をくじいた。大したことはないが、今呻《うな》って寝ている。ついては千住の名倉へ行ってクスリをも

らって、すぐ届けてくれ。千疋屋で何かうまいクダモノも頼む。四月一日」

そう書いてあった。私は不覚にも、このエプリル・フールにまんまと乗せられた。

正直に、千住の名倉へ行くつもりで上野公園前の停留場に立っていると、吉井勇とバッタリ逢った。早速芥川さんの話をすると、吉井さんは持ち前のニヤニヤとした笑顔になって、

「本当かい君？　南部君が落ちるということはあっても、芥川君がそんなヘマをやるかね」

そう言われたとたんに、特に大きく——本文よりも大きな字で書いてあった「四月一日」という四文字が目に浮んで来た。そう言えば、四月一日に神奈川県湯河原から出したエハガキが、四月一日の朝、東京下谷《したや》に着いたのもおかしい。

「ああ、エプリル・フールか」

初めて気が付いて、私達は声を合わせて笑い出した。

芥川さんは人を撒《ま》く名人だった。三人で散歩している最中、芥川さんと佐佐木茂索《ささきもさく》との間によからぬ所へ遊びに行く相談が出来上ったとする。私の存在が邪魔になる。

二人は何にも言わずに、肩を並べてスーッと共同便所へはいって行く。私はまさか撒かれるとは思わないから、こっちの入口に近い所に立って、出て来るのを待っている。

待っても待っても、出て来ない。出て来ないのも道理、二人は小便なんかしずに、そのまま向うの出口から出て行ってしまっているのだ。

これは私の想像だが、よからぬ所へ遊びに行って、帰るキッカケを失うこともあったのだろう。その頃、小説家の家には大概電話がなかった。不便でもあったが、また便利な時もあったに違いない。

そんな時、芥川さんから、

「昨夜は一泊、とんだお世話さまに相成《あいな》り申し候《そうろう》。御母堂《ごぼどう》さまにくれぐれもよろしく御鶴声《ごかくせい》の程願上げ候」

なんというハガキが舞い込んで来たものだ。わざとハガキに大きく筆で書いて、奥さんや御両親の目に触れるようにしたのだろうと思う。そんなハガキが来た週の面会日に遊びに行くと、

「この間はどうもいろいろお世話さまになりまして――」

と、お母さんからも、奥さんからも丁寧にお礼を言われて、こっちはウッカリ忘れていて、ヘドモドしたこともあった。

そうかと思うと、突然、

「御恩借《ごおんしゃく》の十金《じっきん》、未だ御返却の機を得ず、申訳これなく存じ申し候」

何の必要があっての事か分らないが、そんなハガキが来る時もあった。勿論《もちろん》、お金を貸した覚えなんかなかった。

《一、嘘のハガキを送るのが好きな芥川》

お金といえば、これからいよいよ菊池寛、久米正雄《くめまさお》、佐佐木、私などと飯を食いに出掛けようとする時、芥川さんが急に本箱の前に立って、あっちの本、こっちの本をパラッと開いては閉じ、パラッと開いては閉じ、

「どこへ入れといたのかな」

一人言《ひとりごと》を言いながら、折角隠して置いたお札《さつ》が見付からず、途方に暮れていた姿が目に浮んで来る。

すべて懐かしい思い出だ。御遺族の目に触れたら、この文章、みんな消えてしまってくれ。

二、冗談だとわかるようたびたび言及する芥川

侏儒の言葉《より》

芥川龍之介

広告

「侏儒《しゆじゆ》の言葉」十二月号の「佐佐木茂索《ささきもさく》君の為に」は佐佐木君を貶《へん》したのではありません。佐佐木君を認めない批評家を嘲《あざけ》ったものであります。こう言うことを広告するのは「文芸春秋」の読者の頭脳を軽蔑することになるかも知れません。しかし実際或《ある》批評家は佐佐木君を貶したものと思いこんでいたそうであります。かつまたこの批評家の亜流も少くないように聞き及びました。その為に一言広告します。尤《もっと》もこれを公にするのはわたくしの発意ではありません。実は先輩里見弴《さとみとん》君の煽動によった結果であります。どうかこの広告に憤る読者は里見君に非難を加えて下さい。「侏儒の言葉」の作者。

《二、冗談だとわかるようたびたび言及する芥川》

追加広告

前掲の広告中、「里見君に非難を加えて下さい」と言ったのは勿論《もちろん》わたしの常談《じょうだん》であります。実際は非難を加えずともよろしい。わたしは或批評家の代表する一団の天才に敬服した余り、どうも多少ふだんよりも神経質になったようであります。同上

再追加広告

前掲の追加広告中、「或批評家の代表する一団の天才に敬服した」と言うのは勿論反語と言うものであります。同上

三、恩師の井伏鱒二をいじって大笑いする太宰

亡友——鎌滝のころ《より》

井伏鱒二

太宰治の「富嶽百景」という作品のなかに、私といっしょに三ツ峠にのぼったときのことを書いてある。三ツ峠の頂上で、私が浮かぬ顔をしながら放屁したというのである。これは読物としては風情ありげなことかもしれないが、事実無根である。ところがこの放屁の件について、当時は未知の仲であった竹下康久という人から手紙が来た。「自分は貴下が実際に三ツ峠の嶺に於て放屁されたとは思わない。自分の友人もまたそう云っている。自分は太宰氏の読者として、また貴下の読者として、貴下が太宰氏に厳重取消しを要求されるように切望する。」そういうような手紙であった。

おりから訪ねて来た太宰に私はこの手紙を見せた。

「どうだね、よその人でも、僕が放屁しなかったことを知ってるじゃないか。こんな行きと

《三、恩師の井伏鱒二をいじって大笑いする太宰》

どいた手紙を書く人は、きっと物ごとに綿密なんだね。理解ある人物とはこの人のことだね。」

「知音の友ですかね。でも、あのとき、たしかに僕の耳にきこえました。僕が嘘なんか書く筈ないじゃありませんか。たしかに放屁しました。」

太宰は腹を抱える恰好で大笑いをした。そしてわざと敬語をつかって「たしかに、放屁なさいました」と云った。話をユーモラスに加工して見せるために使う敬語である。「たしかに、なさいましたね。いや、一つだけでなくて、二つなさいました。微かになさいました。あのとき、山小屋の髯《ひげ》のじいさんも、くすッと笑いました。」そういう出まかせを彼は云って、また大笑いをした。「わッは、わッは……」と笑うのである。三ツ峠の髯のじいさんは当時八十何歳で耳が聾であった。その耳に、微かな屁の音などきこえるわけがないのである。しかし彼が極力自説を主張してみせるので、私は自分でも放屁したかもしれないと錯覚を起しだした。自分では否定しながらも、ときには実際に放屁したと思うようにさえなった。こんなに思うようになるまでにはかなりの月日がたっている。

四、井伏鱒二を再びネタにする太宰

小照

太宰治

いつも自分のところへ遊びに来ている人が、自分の知らぬまに、自分を批評しているような小論文を書いているのを、偶然に雑誌あるいは新聞で見つけた時には、実に、案外な気がするものである。その論の、当、不当にかかわらず、なんだか水臭い、裏切りに似たものをさえ感ずるのは、私だけであろうか。こんど改造社から、井伏さんの作品集が出版せられるそうだが、それに就いて何か書け、と改造社のM君に言われて、私は、たいへん困ったのである。私の家は、東京府下の三鷹町の、ずいぶんわかりにくい謂《い》わば絶域に在るので、わざわざこの家にまで訪れて来るのは、よほどの苦労であろうと思われる。事実、M君は、たいへんの苦労をして私の家を捜し当て、汗を拭きながら、「何か一つ、井伏さんに就いて。」と言い給うのである。私は恐縮し、かつは窮した。私は今まで、井伏さんには、とてもお世話

《四、井伏鱒二を再びネタにする太宰》

になっている。いまさら、井伏さんに就いて、書きにくいのである。前にいちど、井伏さんの事を書いて、そのとき、井伏さんに「もう書くなよ」と言われ、私も「もう書きません」と約束をした事があったのだ。どうも、書きにくい。けれどもM君は、遠路わざわざやって来られて、私に書けと言うのである。私は、弱い男らしい。断り切れなかったのである。M君の闊達《かったつ》な人徳も、私に断る事を不可能にさせた一因らしいのである。とにかく私は、ひき受けたのである。書かなければなるまい。井伏さん、御海容《ごかいよう》下さい。

何を書けばいいのか。十数年前、私が東京へ出て来て、すぐに井伏さんのお宅へ行った。その時、井伏さんは痩せて、こわい顔をしていた。眼が、たいへん大きかった。だんだん太った。けれども、あの、こわさは、底にある。

こんな事を書いていながら、私は、私の記述の下手さ加減、でたらめに、われながら、うんざりする。たかだか、三枚か四枚で、井伏さんの素描など、不器用な私には出来るわけがないのだ。

「このごろ僕は、人をあんまり追いつめないようにしているのだ。逃げ口を一つ、作ってやるようにしなければ、――」れいの、眼をパチパチさせながら、おっしゃった事がある。このごろ、井伏さんは、ひとの痛がる箇所にあまりさわらないようにしているようだ。わかり過ぎて来たから、かえって、さわらないようにしているのかも知れない。そんな井伏さんを見て、井伏さんを甘いなと、なめたら、悔いる事があるかも知れない。

まず今回は、これだけにして、おゆるしあれ。どうも書きにくい。これは、下手な文章であった。いずれ、また。

五、中学生の嘘にも真面目に答える森鷗外

森鷗外氏に詫びる件

井伏鱒二

上

私が森鷗外氏をだまして、その結果、森鷗外が新聞小説の一回分を余計に書いたことについて話そう。私は謹厳な鷗外氏をだましたことを後悔している。鷗外全集を見るたびごとに、私は気になっていけない。

まだ私が中学生のとき、そのころの新聞に「伊沢蘭軒《いざわらんけん》」の伝記が連載されていた。教室で綴方《つづりかた》の時間に、私のななめ後の席にいた森政保《たもつ》という生徒は、二十分くらいで綴方を書き終えてしまって、彼は私の背中をくすぐった。後をふりむくと、森政保は私に新聞の切抜を見せて、一つ反駁文《はんばくぶん》を書いてくれないかと私に頼んだ。彼のいうには、鷗外という文学博士

がこんなに毎日つづけさまに伊沢蘭軒の伝記を書いているが、鷗外は蘭軒よりもはるかにえらい学者のくせに蘭軒の研究をしているのは、われわれ気にくわない。それは文壇の大家が投書家の短篇をだらだらと分せきしているのと同じことで、われわれは鷗外の気がしれない。そればかりでなく鷗外は史実を誤っている。われわれは森鷗外に一あわふかさせるために、蘭軒に関する事実を報告して、この文学博士に反駁をこころみたい――そういう意味のことをいって私の級友は、試験のカンニングをするときみたいな工合にして、伊沢蘭軒に関する史実を私にささやいた。私たち二人の悪童は、まことに綴方の時間としては好個なアイドル方法を見つけたというべきである。

私は綴り方の教師をまん着して綴方に耽《ふけ》っているかのように見せかけながら、森政保の教えてくれた材料により、森鷗外に対する反駁文を書いた。「鷗外全集」第八巻の第六〇五ページに、その反駁文が載っている。次のような候文体の手紙である。

「謹啓。厳寒《げんかん》の候《こう》筆硯《ひっけん》益《ますます》御多祥《ごたしょう》奉賀候《がしたてまつりそうろう》。陳者《のぶれば》頃日《このごろ》伊沢《いざわ》辞安《じあん》の事跡新聞紙に御連載相成候由伝承《あいなりそうろうよしでんしょう》、辞安の篤学《とくがく》世に知られざりしに、御考証に依って儒林に列するに至《いたり》　候《そうろう》段《だん》、闡幽《せんゆう》の美挙と可申《もうすべく》、感佩《かんぱい》仕《つかまつり》　候《そうろう》事《こと》に御座《ござ》候《そうろう》。」

「然処《しかるところ》私兼々《かねがね》聞及居候《ききおよびおりそうろう》一事有之《いちじこれあり》、辞安の人《ひと》と為《なり》に疑《うたがい》を懐居《いだきおり》候《そうろう》。其辺の事既《すで》に御考証御論評相成居候哉不存候《あいなりおりそうろうやぞんぜずそうろう》へ共《ども》、左に概略致記載入御覧候《きさいいたしごらんにいれそうろう》。」

《五、中学生の嘘にも真面目に答える森鷗外》

「米使《べいし》渡来以降外交の難局に当られ候《そうろう》阿部伊勢守正弘《あべいせのかみまさひろ》は、不得已《やむをえざる》事情の下に外国と条約を締結するに至られ候《そうろ》へ共《ども》、その素志《そし》は攘夷にありし由《よし》に有之候《これありそうろう》。然《しか》るに井伊掃部頭直《かもんのかみなお》弼《すけ》は早くより開国の意見を持《じ》せられ、正弘の措置《そち》はかばかしからざるを慨《がい》し、侍医《じい》伊沢良安をして置毒《ちどく》せしめられ候。良安の父辞安、良安の弟磐安《ばんあん》、皆この機密を与かり知り、辞安は事成《ことな》るの後《のち》、井伊家の保護の下《もと》に、良安磐安兄弟を彦根《ひこね》に潜伏せしめ候。」

「右の伝説は真偽不明に候へ共《ども》、私の聞及候《ききおよびそうろう》まゝを記載候者に有之候。若《も》しこの事真実に候はば、辞安仮令《たとい》学問に長《た》け候とも、其《その》心術は憎くむべき極《きわみ》に可有之候《これあるべくそうろう》。何卒詳細御調査之《の》上、直筆無諱《ちょくひついむことなく》御発表相成度奉存候《ぞんじたてまつりそうろう》。私に於いても御研究に依り、多年の疑惑を散ずることを得《え》候《そうろ》はば、幸不過之候《さいわいこれにすぎずそうろう》。頓首《とんしゅ》。」

——そして国語読本の注にある「森鷗外——林太郎、文学博士、医学博士、東京団子坂《だんござか》に住む」というのを参考にして、手紙の封筒には「東京団子坂、森林太郎様」と書いた。私はそのころ文学志望のつもりであって「朽木三助《くちきさんすけ》」というペンネイムにしていたので、封筒には私の住所を書き朽木三助と記した。

下

一昨年の冬、創作月刊（今は廃刊されている）に、私は「朽助のいる谷間」という短篇を書いたことがあるが、「朽助」は「朽木三助」から何のつもりもなく思いついた名前なのである。

鷗外氏から返事が来た。「朽木三助様」の「様」という字なんかも木へんが馬鹿に大きくて、到底文学博士の書いた字ではないらしかった。森政保と私とはその手紙を見て、こんな風がわりの字で書かれている返事は、（「鷗外全集」第八巻の六〇五ページ、終りの行にいってある言葉をそのまま使ってみれば）こんな返事は私と森政の考えでは「或は狂人の所為かと疑い、或は何人かの悪戯に出たらしくも思った」のである。

けれど返事の内容はがっちりしていた。たいへん大事なことを報告してくれて有難いが、阿部正弘は何月何日にはどこそこにいて、伊沢辞安は阿部正弘が病没するよりも十八年前に死んでいるといってあった。そして良安は正弘の死よりも五年前に死んでいるという。伊沢父子の三人は彦根にいたことがないという。

私と森政保とは、この手紙を読んで甚だ面目がなかった。ところがその翌る日、森政保は私に昨日の手紙をよこせといった。私は東京の人から手紙をもらったのは最初のことなので、

《五、中学生の嘘にも真面目に答える森鷗外》

手紙は手ばなすことができないといった。そこで森政保はその翌る日になると、も一度私に手紙を書けといった。鷗外博士は私——杤木三助に、たいへん大事な報告をしてくれて有難いといっているから、今度は書体を変え杤木三助は死んだということを報告しないか。そうすれば必ず博士は弔いの手紙をよこすにちがいない。その手紙をおれによこせと森政保は私に依頼したのである。彼は高等工業に入学志望であったのにもかかわらず、そんなに文学者の書簡をほしがった。

私は森政の依頼によって再び手紙を書いた。今度は当然ペンネイムを止して、私の住所と私の本統《ほんとう》の名前を書いた。手紙には杤木三助氏が博士の返事が着くと間もなく逝去されたという虚報を書いた。(それ以来、私は杤木三助というペンネイムを止《よ》しにしたが。)そして故杤木三助氏は死に際して、博士が伊沢蘭軒の伝記を書くことは即ち郷土文学を書くことにほかならないと申された。そんな余計な虚まで私は報告したのである。

鷗外氏から返事が来た。謹んで杤木三助氏の死をいたみ、郷土の篤学者を失ったことを歎くという手紙であった。第八巻の六〇六ページによって判断すると、鷗外氏は私たち二人の悪童に、まんまと一ぱいくわされている。鷗外氏は次のように記録しているのである。

「何んぞ料《はか》らん、数週の後に(数日の後の誤り)杤木氏の訃音が至った。杤木氏は生前にわたくしの答書を読んだ。そして遺言して友人をしてわたくしに書を寄せしめた。」

そして私が最初にだした手紙――朽木三助の手紙についても、鷗外氏は次のようにいっている。

「わたくしはこれを読んで（朽木三助の手紙を読んで）大いに驚いた。或は狂人の所為かと疑い、或は何人かの悪戯に出でたらしくも思った。しかし筆跡は老人なるが如く、文章に真率なる所がある。それゆえわたくしは直に書を作って答えた……」

中学生朽木三助の筆跡が、現在の私の筆跡よりも老人らしくなかったことは事実であるが、鷗外氏がそんなことをいうのは、よくせき伊沢蘭軒の研究に没頭して、見さかいがつかなかったのであろう。私は綴り方用の毛筆でかい書で書いたと記憶している。そうして「文章に真率なる所がある」なんていう批評は、これは鷗外氏が仲間ぼめのつもりなのであったろうが、私の文章を文壇的にそんなにいってくれたのは、森鷗外が最初の人であるというわけになる。おそらく鷗外氏は採点のあまい批評のしかたをしていた人であろう。

上述の告白によって、私は鷗外氏晩年の作「伊沢蘭軒」に少しでもきずをつけようとするものではない。

寧ろ私の過去の軽卒ぶりを披《ひ》れきして、鷗外氏の真率なる研究態度を暗示しようと試みるものである。

六、森鷗外を騙した報いを受けそうになる井伏鱒二

話の屑籠《より》　菊池寛

○

井伏鱒二君が、少年時代鷗外博士にウソの手紙をかいたことを時事新報に告白している。少年時代のいたずらはよいが、それを今更告白することが、いけないと思ったので、大いにやっつけてやろうと思っていると、丁度《ちょうど》同君から、「仕事部屋」と云う創作集を送ってよこしたのでつい気の毒になって、やっつけることはよすことにした。

七、嘘つき呼ばわりされて動揺する若き日の夏目漱石

腕白時代の夏目君《より》　篠本二郎

夏目君は幼時より虚言《ウソ》を吐いたことがなかった。また人一倍然諾《ぜんだく》を重んじ、若し余儀なき事故ありて約束を違えることなど起りし時は、平素の剛情に似ず自から非常に愧《は》じて、後日幾回となく弁疏《べんそ》をなし、相手の満足するまで気に掛けて止まなかった。尤《もっと》もこの時代の武士の子供は一般に不文律として、虚言を吐くな、人の物を盗むな、喧嘩したら負けるなを、言わず語らず、固く守って居た頃であるから、今日から見ると、当時の子供の心理状態は多少今日とは相違して居たのである。殊に夏目君は虚言つきと言わるることを、神経質かと思わるる程に、気に掛けて居た。或年の初夏、同君が戸塚村の小丘に野生の木苺《きいちご》が沢山熟して居るから、学校の休に共に摘み採りに行こうではないかと、余を誘うたことがあった。これより先夏目君と穴八幡《あなはちまん》に銀杏の実を拾いに行って失敗したから、これに懲《こ》りて余は即答しな

《七、嘘つき呼ばわりされて動揺する若き日の夏目漱石》

かったが、屡屡《しばしば》戸塚村行を勧めらるるから、その後数日を過ぎて二人して出掛けたことがある。余が甲良《こうら》町の家より戸塚村までは一里足らずあるから、一日の仕事に沢山摘みて帰らんと思いて、子供の持つに不似合な大きな籠を準備して同君を誘い、途中戸塚村に一軒家で、名物の粟煎餅《あわせんべい》を売る百姓家があったのに立ち寄りて、弁当を預け、煎餅を購《あがな》いて、左折して木苺のあると云う小丘に着いて、此処彼処《ここかしこ》と共に探し廻ったが、木ばかりで実は一つもなかった。何時か村童が来て取り尽したものと思われた。夏目君は十二三日前に近所の友と来て夥《おびただ》しくありしを見しに、かくばかり一物も留めざるは実に不思議なりと、余に対して非常に気の毒に思い、二三丁の茨の間を隈《くま》なく探してくれたけれども、十二三粒を穫《え》たるに過ぎなかった。最早《もはや》仕様がないから帰ることに決したが、道すがら夏目君は余を色々に慰め、かつ粗漏《そろう》の罪を謝されたばかりでなく、その日は直に自宅に帰らずして、余を家まで送ってくれた。その後余は戯れに夏目君に或《ある》機会に、君は虚言を吐くと曩日《のうじつ》のことを持出して笑ったら、同君は俄《にわ》かに色を変えて真面目になり、決して虚言を吐いた訳でないから、是非更に一回同行してくれと言い、その後も数回気に掛けて同じ言を繰り返された。余は全く一寸《ちょっと》戯れに言ったことで、毫《ごう》も君が心を疑って居らぬと、その度毎に弁疏したが、当分同君自から苦悶して止まなかった様である。当時同君は独りを慎むことの急なりしのみならず、交友の不信・不義を責むることも随分激くして、為めに交友の数も少ない様であった。然るに廿《にじゅう》余

三、いたずらの嘘《芥川龍之介たちの嘘》

年を経て熊本で再会せし時は、昔日の態度とは稍趣《やや》を異にして、生徒または交友の或者が同君に不義・不信の行をなせしことなど、同君より聞きしに拘《かか》わらず、幼時の如く酷しくこれ等を咎めず、相変らず交際をして居られた。思うに長ずるに及びて修養の結果、自ら戒むるだけで、人を責むることを緩《ゆら》うした様だ。また一時怒っても忽《たちま》ち氷解する、江戸子気質に変じたものらしい。

四

迷惑だけど憎めない嘘

——石川啄木の嘘——

自他ともに認める嘘つきだった石川啄木

石川啄木《いしかわたくぼく》ほど、嘘つきだったと書かれた文学者も珍しい。

啄木は明治後期、生活に根差した実感を詠《うた》って、注目を集めた歌人だ。作品もさることながら、人間的にも面白い。自信家で上昇志向だった一方で、豪遊、借金、職務怠慢と生活力はとことん低い。しかも、平気で嘘をつく。それは、当人や知人らが残した文章をみればすぐわかる。

たとえば啄木自身、「また嘘をついた」という歌をたびたび詠んだ。また日記にも、嘘の記録を書き綴っている。「仕事に行きたくないから創作をする」というような、正直すぎる文章が目立つ。

知人たちが書いた啄木の嘘も、どうしようもないものが多い。遊ぶために嘘をついて借金をすることもあれば、自分の結婚式をボイコットして、親族を激怒させたこともある。それでもその嘘には、周囲を明るくさせる魅力があったらしい。

啄木の恩師・与謝野晶子《よさのあきこ》は、啄木の死を聞くと、「啄木さんの嘘を聞くと春風に吹かれるよう」という旨の歌を詠んだ。親友の金田一京助は、啄木の嘘の弁解をするための文章を、いくつか残した。啄木の何が人々を惹きつけたのか。彼の嘘から、その魅力を探りたい。

（上左）金田一京助／（上右）石川啄木
（下左）北原白秋（国会図書館所蔵）／（下右）与謝野晶子

一、嘘をついてしまう心境を何度も詠む

悲しき玩具《より》

石川啄木

新しき明日《あす》の来《きた》るを信ずといふ
自分の言葉に
嘘《うそ》はなけれど――

あの頃《ころ》はよく嘘《うそ》を言ひき。
平気にてよく嘘を言ひき。
汗が出《い》づるかな。

もう嘘《うそ》をいはじと思ひき――

《一、嘘をついてしまう心境を何度も詠む》

それは今朝《けさ》――
今また一つ嘘をいへるかな。

何《なん》となく、
自分を嘘のかたまりの如《ごと》く思ひて、
目をばつぶれる。

今までのことを
みな嘘《うそ》にしてみれど、
心すこしも慰《なぐさ》まざりき。

或《あ》る市《まち》にゐし頃《ころ》の事として、
　友の語る
恋がたりに嘘《うそ》の交《まじ》るかなしさ。

二、遊ぶために借金をしたのに下宿屋のせいだと嘘をつく

今までの滞りで下宿屋がイジメる。
先月は入社早々前借して入れた。
今月もあまりイジメられるので、
モウ十五円だけ前借して入れた。
そして僕は毎日の電車賃を工夫して
社に通っているという有様だ。

（1909年4月16日付宮崎大四郎宛書簡より）

《二、遊ぶために借金をしたのに下宿屋のせいだと嘘をつく》

《解説》

石川啄木は、朝日新聞社で校正係を務めていた。１９０９年2月、24歳のときからである。経済的に苦しんでいた啄木にとって、この仕事は魅力的だった。月給は25円、夜勤の日には1円が加えて給された。月給25円は、当時の大卒の初任給に匹敵する。夜勤日を入れればひと月の給与は約35円になると啄木は考え、非常に喜んでいた。

にもかかわらず、啄木は会社に、たびたび前借を申し入れた。友人への手紙にはその理由を、下宿屋がいじめるからだ、と書いているが、これは真っ赤な嘘である。

同時期に啄木が書いた「ローマ字日記」の4月10日の箇所に、こんな一節がある。

「いくらかの金のある時、予は何のためろうことなく、かの、みだらな声に満ちた、狭い、きたない町に行った。予は去年の秋からいままでに、およそ十三―四回も行った、そして十人ばかりの淫売婦を買った」

つまり、啄木は吉原や浅草で風俗遊びをするために、会社に借金をしていたのだ。下宿屋がいじめるのは、遊びによって金を浪費し、支払いが滞っていたからだろう。

なお、「電車賃を工夫して社に通っている」とも書いているが、これも嘘。実際には無断欠勤や仮病の常習犯で、頻繁に仕事をさぼっていた。

三、あらゆる理由で会社をサボる啄木

明治四十二年当用日記《より》

3月26日　金曜日

折悪しく電車賃もなし、「最近文壇の変調」という論文――積極的自然主義＝新理想主義の標榜――を書こうと思って社を休む。

そして二三枚書いったきり

ローマ字日記《より》 ※全集の表記を参考にローマ字から変更

4月13日　火曜日

頭がまとまらない。電車の切符が一枚しかない。とうとう今日は社をやすむことにした。

4月17日　土曜日

今日こそ必ず書こうと思って社を休んだ――否、休みたかったから書くことにしたのだ。それはともかくも予は昨夜考えておいた『赤インク』というのを書こうとした。予が自殺することを書くのだ。ノートへ三枚ばかりは書いた。そして書けなくなった！

4月18日　日曜日

早く眼は覚ましたが、起きたくない。戸が閉まっているので部屋の中は薄暗い。十一時までも床の中にモゾクサしていたが、社に行こうか、行くまいかという、たった一つの問題をもてあました。行こうか？　行きたくない。行くまいか？　いや、いや、それでは悪い。何とも結末のつかぬうちに女中がもう隣りの部屋まで掃除してきたので起きた。顔を洗ってくると、床を上げて出て行くおつねの奴。
《中略》
とにかく社に行くことにした。一つは節子の手紙を見て気をかえたためでもあるが、また、「今日も休んでる！」と女中どもに思われたくなかったからだ。「なーに、厭になったら途中からどっかへ遊びに行こう！」そう思って出たが、やっぱり電車に乗ると切符を数寄屋橋に切らせて社に行ってしまった。
《中略》
にせ病気をつかって五日も休んだのだから、予は多少敷居の高いような気持で社に入った。無論何の事もなかった。そして、ここに来ていさえすれば、つまらぬ考えごとをしなくてもいいようで、何だか安心だ。同時に、何の係累のない——自分の取る金で自分一人を処置すればよい人たちがうらやましかった。

4月30日　金曜日

今日は社に行っても煙草代が払えぬ。前借は明日にならなくては駄目だ。家にいると晦日《みそか》だから下からの談判がこわい。どうしようかと迷った末、やはり休むことにした。

《三、あらゆる理由で会社をサボる啄木》

5月3日　月曜日

社には病気届けをやって、一日寝て暮らした。お竹の奴バカに虐待する。今日は一日火も持って来ない。すみちゃんがチョイチョイ来ては罪のないことをしゃべっていく。それをらくちゃんの奴め、うさん臭そうな眼をして見ていく。

厭な日！　絶望した人のように、疲れきった人のように、重い頭を枕にのせて……………客はみな断らせた。

5月4日　火曜日

今日も休む。今日は一日ペンを握っていた。『鎖門一日』を書いてやめ、『追想』を書いてやめ、『面白い男?』を書いてやめ、『少年時の追想』を書いてやめた。それだけ予の頭が動揺していた。ついに予はペンを投げだした。そして早く寝た。眠れなかったのは無論である。

5月5日　水曜日

今日も休む。

書いて、書いて、とうとうまとめかねて、『手を見つつ』という散文を一つ書き上げたのがもう夕方。前橋の麗藻《れいそう》社へ送る。

5月8～13日　土～木曜日

社の方は病気のことにして休んでいる。加藤氏から出るように言ってきたのにも腹が悪いという手紙をやった。

《中略》ある晩、どうすればいいのか、急に眼の前が真っ暗になった。社に出たところで仕様がなく、社を休んでいたところでどうにもならぬ。予は金田一君から借りてきてる剃刀《かみそり》で胸に傷をつけ、それを口実に社を一ケ月も休んで、そして自分の一切をよく考えようと思った。そして左の乳の下を切ろうと思ったが、痛くて切れぬ。かすかな傷が二つか三つ付いた。金田一君は驚いて剃刀を取り上げ、無理やりに予を引っ張って、インバネスを質に入れ、例の天ぷら屋に行った。飲んだ。笑った。そして十二時頃に帰って来たが、頭は重かった。明りを消しさえすれば眼の前に恐ろしいものがいるような気がした。

5月14日　金曜日

雨。

佐藤衣川に起こされた。五人の家族を持って職を探している。

佐藤が帰って清水が来た。日本橋のある酒屋の得意廻りに口があるという。

岩本を呼んで履歴書を書いてくるように言ってやった。

厭な天気だが、何となく心が落ちついてきた。社を休んでいる苦痛も慣れてしまってさほどでない。その代わり頭が散漫になって何も書かなかった。何だかいやに平気になってしまった。

5月16日　日曜日

社にも行かず、何もしない。煙草がなかった。

5月31日　月曜日

二週間の間、ほとんどなすこともなく過ごした。社を休んでいた。

6月1日　火曜日

午後、岩本に手紙を持たしてやって、社から今月分二十五円を前借りした。ただし五円は佐藤氏に払ったので手取り二十円。

岩本の宿に行って、清水と二人分先月の下宿料（六円だけ入れてあった。）十三円ばかり払い、それから、二人で浅草に行き、活動写真をみてから西洋料理を食った。そして小遣い一円くれて岩本に別れた。

それから、何とかいう若い子供らしい女と寝た。

四、結婚式をすっぽかして親族がカンカン

渋民時代の啄木《より》　上野さめ子

節子さんとのお話も御本人から直接にお聞きしたことですが、一《はじめ》（編注：啄木の本名）さんの下宿していた姉さんのお家（盛岡市帷子町《かたびらちょう》）と節子さんのお家（同新山小路）とが極《ご》く近かったので、しとやかでおとなしそうな節子さんをよく見かけ好きになったのが十四歳の頃だったそうです。節子さんの盛岡女学校に於ける親友金矢信子さんは渋民村字《あざ》川崎から盛岡に出て女学校に通っていられた方ですが、連休日にはよく節子さんを連れて渋民に帰って来られました。その信子さんの叔父さんの七郎（朱絃《しゅげん》）さんは啄木の詩友なので、啄木と節子さんはこの金矢さんの家で落ち会うのです。或る時盛岡に帰った筈の節子さんが啄木の寺宝徳寺にかくれて居るのを信子さんの妹さん達に見つかり大さわぎになったのですが、かえってこれがきっかけになって婚約が早く整ったとの事です。

《四、結婚式をすっぽかして親族がカンカン》

三十八年五月、節子さんとの結婚式の世話をしたのは私の甥の上野広一でした。室の借受けや料理万端整えて啄木の東京からの帰りを待って居りましたのに、東京の友人達からは啄木を汽車に乗せておくり出したという報があるのに待てども待てども帰って来ません。時間は迫るし致し方なくとうとう花婿なしで結婚式をあげたとの事です。当の啄木は汽車に乗って盛岡へ向ったものの、金を工面するつもりだったのでしょう、仙台の土井晩翠《どいばんすい》を訪ねてそのまま四、五日滞在、盛岡で花嫁が待っているのに下車せず好摩《こうま》まで行って翌日ふらりと帰って来たとの事です。金が無くて盛岡に来られなかったと後で長い長い詫びの手紙をよこしたそうですが、甥はかんかんになって怒って居りました。この甥は画家で明治四十年渡仏、十二年滞在、帰朝後明治神宮聖徳《せいとく》記念絵画館壁画に条約改正の絵を画《か》いて居ります。かつて啄木は岩手県で名をなすものは原敬（当時内務大臣）と僕と広一さんの三人ですよ、とよく言って居りました。何、法螺《ほら》をふいてと心で笑って居りましたが、その三人の中の啄木が一番有名になったので何だか済まない様な気もいたします。

五、啄木くらい嘘をつく人もいないと断言する北原白秋

啄木のこと《より》

北原白秋

○

彼の霊魂は歌を通じてはじめて彼としての光を放った。ことその晩年に於て。
これは一に貧苦と病苦とのお蔭であった。

○

彼の歌には生きんとする人間としての真実、熱情、愛、光があった。社会人としての覚醒、これに纏《まつわ》る生来の反抗心——いささか小なる——階級意識が切に彼をして、常に青天の一方

を翹望《ぎょうぼう》させた。

兎に角、彼の歌に於ける一種の真率なる精気はこれらの諸感情の綜合《そうごう》から凝って発したものに外ならぬ。

これが故に人はうたれるのである。

○

啄木くらい嘘をつく人もなかった。しかし、その嘘も彼の天才児らしい誇大的な精気から多くは生まれて来た。今から思うと上品でもっと無邪気な島田清次郎という風の面影もあった。彼は嘘は吐いたが高踏的であった。晶子さんに云わせると「石川さんの嘘をきいているとまるで春風に吹かれてるよう」であった。

そうした彼が死ぬ二三年前より嘘をつかなくなった。真実になった。歌となった。

おそろしい事である。

六、啄木が嘘をつくと春風に吹かれるよう——恩師の短歌

啄木氏を悼む　与謝野晶子

人来り 啄木死ぬと 語りけり 遠方《おちかた》びとは まだ知らざらん
しら玉は くろき袋に かくれたり わが啄木は あらずこの世に
いつしかと 心の上にあとかたも あらずなるべき 人と思はず
いろいろに 入り交りたる 心より 君はたふとし 嘘は云へども
終りまで もの丶くさりを 伝ひ行くやうにしてはた 変遷をとぐ
その一つ ヰオロンの糸 妻のため 彼が買ひしを 妬くおもひし
啄木が 嘘を云ふ時 春かぜに 吹かる丶如く おもひしもわれ
ありし時 万里《ばんり》と君の あらそひを 手をうちて見き よこしまもなく
死ぬまでも うらはかなげに もの云はぬ つよき人にて いまそかりける

《注釈》

遠方びと　遠くにいる人。ここでは、渡欧中の晶子の夫・与謝野鉄幹《てっかん》（本名は寛《ひろし》）を指す。

しら玉は…　啄木をしら玉にたとえて詠んだ歌。晶子はこの語を、最も貴重なもの、純粋なもの、美しいものの形容として、他の歌でも使っている。

かくれたり　動詞「かくる（隠る）」＋助動詞「たり」。「かくる」は亡くなるの意。

たふとし　尊い。

ヰオロン　violon（仏）。ヴァイオリン。

万里　（１８８５〜１９４７）歌人・詩人の平野万里《ひらのばんり》のこと。啄木と同じく、与謝野夫婦が主宰した短歌誌「明星」のメンバー。「明星」廃刊後は啄木らと「スバル」を創刊した。

いまそかりける　動詞「いまそかる」＋助動詞「けり」。「いまそかる」は「あり」の尊敬語。いらっしゃる。

※啄木の訃報を聞いた直後に、晶子が東京朝日と東京日日新聞に発表した歌。最初の歌「人来り〜」と最後の歌「死ぬまでも〜」は詩歌集『夏より秋へ』にも掲載された。この際、「死ぬまでも〜」の歌のほうは、五句目が「君ありしかな」とされた。

七、与謝野晶子が啄木を詠んだ短歌の背景

啄木の思い出

与謝野晶子

石川さんの額つきは芥川さんの額つきが清らかであったように清らかであった。芸術家の人以外に見難い額だと私は何時も見て居た。そして石川さんには犯し難い気品が備って居た。石川さんを私は貴族趣味の人だと思っている。終り頃の歌だけを見てはこんな事は思われないのであるが、私は幾つかの例を上げることも出来るのである。何の収入もなくて東京に居た頃、夏になってもまだこの通りに自分は袷《あわせ》を着て居ますが、その為めに昨日これを一本買って来ましたと言って、白扇《はくせん》を帯から抜いてはたはたと使って見せた事がある。私は袷を下宿に頼めば裏を取って貰って単衣《ひとえ》にする法もあるのにと思ったが、そんなことは好まない人であった。その上に仙台平《せんだいひら》ではなかったかも知れぬが、厚ぽったい絹の袴を夏も腰から離そうとはしないのであった。今日は押なべて袴を穿くがまだ明治の四十年頃でそう男の服装も定って居なかった。石川さんが玄関

《七、与謝野晶子が啄木を詠んだ短歌の背景》

を入って来る時にはいつもさやさやと袴の音のするのを、むしろ異様に感じた私達の貧乏住居であった。郷里へ帰る汽車賃も無いと云いながら、夫人への土産にヴィオロンの絃《いと》を買って来たと言って石川さんに見せられたこともあった。仙台以東の人々には大言壮語をして喜ぶ風があると故人の寛は言い、石川は今日も東京市庁で尾崎市長と食卓を共にして来たなどと云うのを聞くと汗が流れるとも語ったのを、私もそうかと思って居たが、後年尾崎咢堂《おざきがくどう》氏から、石川啄木という方がよく市庁へ訪ねて来られ、食事なども一所《いっしょ》にした事があると云う話を聞いて、前の事は石川さんの嘘ではなかったと私は思った。唯《た》だ原敬氏とか、咢堂氏とかを訪ねる事の好きであった事はその頃の文学青年とは違った趣味を持った人だったと云う事が出来る。亡くなられる少し前に逢った時に、この頃は源氏物語に感心ばかりして居る。紫式部はすばらしい以上に素晴らしい作者だと云うのを私は聞いた。第一詩集の出る時に石川さんは故人の寛に序を求めた。若い日の私であったから何でも不遠慮に物を云い、あなたのような立派な詩に序などは要らないと思う。主人は恥じるでしょうと云った。石川さんは、そうでありません。序は要ります、今度は先生に、次のは奥様に書いて貰いますと云った。私はとんでもないお世辞を云う人であると思ったことであった。平野万里《ひらのばんり》さんに聞いた話であるが、或時上田敏《うえだびん》氏が森鷗外先生を千駄木へお訪ねになって、詩人に対する評を交されたそうで、上田氏が何と云われたのか、森先生が、私はそうは思わない、泣菫《きゅうきん》に有明《ありあけ》は勝《まさ》り、有明に啄木は勝ると思うと云われたそうであった。

八、親友が嘘つき呼ばわりされることに反論

友人として観た人間啄木《より》

金田一京助

私が啄木を真剣な人というと、或は『あのおどけた人が』と怪む人がある。併しユモリストと真剣さとが決して両立しないわけはないのである。或はまた『あの嘘つきが？』と反対する人があるかも知れない。それに対しては、私は大いに陳弁しなければならない。世間の人は口に出して言った事と、目に見える行との両端を器用に合せる事に汲々としているだろうが、啄木はそう言う外面的の辻褄を合せることは下手だった。のみならず、前期の雄飛時代などは、成程往々齟齬《そご》をした。例えば『来月の十日までには原稿料がはいる筈だから』とか『今、死の勝利と云う三幕物《さんまくもの》を腹案している。それがものになったら返済するから』というような事があったらしい。併し、自分では、確かにその希望があったので、思切って借金の申出が出来たので、偶々《たまたま》そのドラマが流産したり、あてにした原稿料がはいらなかったりして、嘘になって

しまっただけである。どうもこの際の嘘は普通世に言う嘘とはちがう。少くなくとも内面的には嘘がない。なぜなら、そうしようと思った事は事実なのだから。啄木君が一致させようと苦しんだのは、そういう表面の所謂《いわゆる》言行一致ぐらいの所では無い。もっともっと根本の『心と行』との一致、即ち「思うこと」と「すること」との一致だったのである。

吾々は日常馬鹿馬鹿しい愚見だと知っても、それが権力、金力のあるものの事だと黙従している。こうするのではないと知りながらも弱い心に引きずられて好い加減にして暮している。これが即ち啄木の指摘した二重生活の一つである。而《しか》も世渡りの上手な人々には常習犯となって少しの不安にもなっていぬのであるが、本当に自己の生命を惜み、本当に自己の生活を愛する人には忍び難い不快であらねばならぬ。なぜならば、第一には自己の冒瀆である。第二には人を欺き世を欺く欺罔《ぎもう》だからである。こうした安逸な生活に馴れ、無感覚になっている吾々には、全く知らずに居られる内面的罪過を、本当に自己を愛惜する詩人は、その生活の一隅さえいい加減にしておく事が出来ず、真正面に、真剣に吾々に先んじて悩んだのであった。或は吾々の心の一隅では、『それは併し世間一般の常習なので、苦しまなくてもいい事を自分で求めて好き勝手に苦しんでいるのではないか』と囁く。併し、誰が自分を愛しないものがあろう。本当に愛して、どうしてその純一を欲求せぬものがあろう。その純一を濁《にご》し、その純一を破壊する原因が、どうして心の悩みとならぬであろう。ただ吾々は浅ましくも利害の打算に目耳を蔽われ、久しい惰力に心が痺れて平気でいるのではないか。一度人間性に立帰って自己の奥底の声へ耳を傾ける機会があったら、誰が悩ましさを感ぜずに居られようか。十人が十人の悩みでなければならぬ。啄木の悩みは、凡《すべ》ての人の心の奥の悩みであった。その心から滲み出る端的な言葉のはしはしだから、啄木の歌が万人の胸を衝き刺さずには止まぬのではあるまいか。人生二重生活の悩み、自己の罪過に対する深き哀哭《あいこく》――これが晩年の啄木の眼目ではなかったか。啄木晩年の言説にはどんなものにも、この悩みが背景を成しているのではないか。『きれぎれに心に浮んだ感じと回想』と題する評論中に、自然主義の領袖《りょうしゅう》たちに対して卑怯呼ばわりをしてこう云っている一節がある――

『長谷川天渓《てんけい》氏は、嘗《か》ってその自然主義の立場から「国家」という問題を取扱った時――一見無雑作に見える苦しい胡麻化しを試みた。謂《い》うが如く、自然主義は何の理想も解決をも要求せず、在るがままに見るが故に、秋毫《しゅうごう》も国家の存在と抵触する事がないのならば、その所謂《いわゆる》旧道徳の虚偽に対して戦った勇敢も遂に同じ理由から名のない戦になりはしまいか。従来及び現在の世界を観察するに当って、道徳の性質及び発達を国家と言う組織から分離して考える事は、極めて明白な誤謬である。――寧ろ日本人に最も特有な卑怯である。

田山氏も又、嘗つて「自然主義を単に文芸上の問題として考えて見たい」という意味の事を何かで述べられた。氏の立場としては諒とすべき言葉ではあるが、一方から見れば、

《八、親友が嘘つき呼ばわりされることに反論》

其処《そこ》にあるものを回避した態度がないと云えない。――引くるめて云えば、氏は人生を「描くべき事実」として取扱う事、即ち氏自身「文学者なり」という自信にあまりに熱心なる為めに、文学者と云う職業を離れたる赤裸々な田山氏自身と人生との関係を不問に附しておくような傾きがないかと思う。……余りに専門的な物になっていはしまいか。普通「人」は実行し、かつ観照しつつあるものであるが、氏には余りにその観照――隔一線の態度が多すぎはしまいか、……そしてそこに田山氏の人としての卑怯があると思う。以上二氏に対して卑怯呼ばわりをしたのは、私の小さな満足を求める為ではない。……ああ頭が少し熱くなって来た。「二重生活」というものに対する私のこの倦厭《けんえん》の情はどうしたら分明と人に解《わか》って貰えるだろうか』

あらゆる焦燥も、あらゆる不満もみなここから根ざしたそれであったのである。

目の前の菓子皿などをカリカリと噛みてみたくなりぬもどかしきかな

呆れたる母の言葉に気がつけば茶碗を箸もて敲《たた》きてありき

手も足も室一杯に投げ出してやがて静かに起きかへるかな

この心を背景として見ねば啄木の不平も苦しみも解らない、あの貧困の苦しみもただ物的な苦しみにしか見えない。凡て貧乏の苦しみは世間の貧乏人が皆嘗《な》めている。ただ啄木は、たった一つの魂でどん底の苦しみと最高の悶《もだ》えとを二重に併せて悩んだ人なのである。

五

居留守・面倒くさがりの嘘

――永井荷風たちの嘘――

予想外の居留守でタジタジになる編集者たち

売れない作家はつらいものだが、人気作家も苦労が絶えない。執筆依頼が急増し、時間に追われるようになるからだ。作家としても、浮き沈みの激しい業界だと承知しているから、依頼のあるうちに地位を固めようと、躍起に書かざるを得ない。いきなり売れる作家のほうが少ないから、無理を承知で仕事を受けるということは、珍しくなかった。

だが、依頼が多くなり来訪者もしつこいとなると、誰でも多少はイラつくもの。今よりもプライバシーに関しておおらかな時代だったから、客はいつなんどき訪れるかわからない。イライラは募る一方だ。

こうなると、文豪たちも来客を断るしかない。仕事中だと言っても相手は帰ろうとしないから、自然と居留守を使うようになる。

居留守ひとつとっても、文豪たちの反応は個性的だ。誰が来たか聞き耳を立てる者、すました顔で自ら「先生は留守です」と言う者、居留守をしたことをずっと気にする者……。

こうした人間味あふれる居留守の逸話を、本章前半では紹介したい。

後半で取り上げるのは、萩原朔太郎と谷崎潤一郎の、面倒くさがりな性格がわかる話。親しい者以外は寄せつけない気難しさが、ヒシヒシと感じられるはずだ。

（上左）永井荷風／（上右）江戸川乱歩
（下左）萩原朔太郎／（下右）谷崎潤一郎（いずれも国会図書館所蔵）

一、居留守の通じない記者に腹を立てる夏目漱石

漱石先生は居留守を使わないだろうと云ったけれど、そうでもない話を覚えている。玄関に来た某社の記者が余りうるさいので、女中がまた書斎に来て、いくらお留守だと云っても帰らないと告げたら、漱石先生が腹を立てて、自分で玄関に出て行った。そうして相手の面前に突っ起って、いないと云ったらいないよと云ったと云うのである。

（内田百閒『紹介状』より引用）

《一、居留守の通じない記者に腹を立てる夏目漱石》

《解説》

『吾輩は猫である』の大ヒットにより、一躍有名になった夏目漱石。執筆の依頼が増えた他、文学青年がやってくることもしばしば。手紙を交わして訪ねる者もいたが、自宅に突然、見知らぬ人がやってくることも、この当時は珍しくなかった。

漱石ははじめ、無下にもできず丁寧に対応していたらしい。だが、連日大勢の客が来るため、執筆の時間がとれなくなってしまう。そこで木曜日だけを面会日とする習慣が生まれた。弟子たちはこの面会日を、木曜会と呼ぶようになる。

では、木曜日以外に訪れた客はどうなるのか。その様子を目撃したのが、弟子の内田百閒《うちだひゃっけん》である。漱石は嘘をつくのが嫌いだったが、タイミングの悪い来客には、居留守を使うことがあったようだ。短気だった漱石が、しつこい客に腹を立てることもあったらしい。右の文鳥に描かれたのは、その一場面である。

もっとも、百閒がはじめて漱石宅を訪れたのも、木曜日ではなかった。また、古参の弟子である小宮豊隆《こみやとよたか》などは、木曜日以外に面会に行くことがたびたびあった。根は面倒見がいい漱石だから、害がない客なら、きちんともてなしたかったのだろう。

二、訪問客に「荷風はいない」と堂々と言う永井荷風

荷風さんはいつ訪ねても留守だった。道でつかまえても、さっと電車に飛び乗ってしまう。市川の杵屋五叟《きねやごそう》さんの家を訪ねた時は、五叟さんの奥さんが出て来て、二、三日前に荷風さんは引っ越したばかりという話のあとで「この間も林芙美子《はやしふみこ》さんが本に署名してほしいと来られたが、先生は玄関のすぐ横の部屋で、きせるをぽんぽんたたきながら〝先生は今留守です〟と自分でいうので弱っちゃいました」

（頼尊清隆『ある文芸記者の回想　戦中戦後の作家たち』より引用）

《二、訪問客に「荷風はいない」と堂々と言う永井荷風》

《解説》

永井荷風《ながいかふう》は、客ぎらいで有名だった。門前払いを食らった記者や編集者は数知れない。それでも、人気作家の荷風に何かを書いてもらおうと、諦めない者も少なからずいた。そんなとき、荷風はあの手この手で来客を撃退する。怒りをぶつけるわけではなく、むしろ表面的には丁寧だったが、来客者の気持をなえさせる術を、荷風は駆使した。

林芙美子《はやしふみこ》は、昭和の流行作家のひとり。芙美子も「居留守の名人」と称されるほど編集者泣かせな作家だったが、その芙美子をもってしても、荷風には敵わなかった。在宅中の荷風本人が、堂々と留守だと言ってくる。いるじゃないかと言いたくなるが、そんなことを口に出せない雰囲気が、荷風にはあった。

１９２０年、荷風は偏奇館《へんきかん》と称した木造2階建ての洋館を、麻布に新築した。40歳頃のことである。ペンキ塗りの家であることと、自らの偏倚《へんい》（偏執）な性質をかけて、命名したとされる。来訪者が来ても、お手伝いの女性が「先生はいません」と追い返すのが常で、運よく当人に会えたとしても、右の文のようにとりつく島がなかったようだ。戦中、戦後と年を経ても、この偏屈さは変わらなかったというから、むしろすごい気がする。

三、林芙美子の死を締切をごまかす嘘だと思った編集者

家事手伝いの女性が出て来たので、林氏に会いたいと言うと、女性は、

「先生はお亡くなりになりました」

と、眼に涙をにじませて言った。

そんなことでだまされるものか、と氏（編注：林芙美子の担当編集者）は奥の部屋に入った。林氏は、ふとんの中に身を横たえていて、顔に白い布がかけられている。

氏は声をかけ、枕もとに坐って白い布をとり除いた。

「本当に亡くなられていたんですよ。私は思わず合掌しましたがね」


（吉村昭『変人』より引用）

《三、林芙美子の死を締切をごまかす嘘だと思った編集者》

《解説》

『放浪記《ほうろうき》』（1930年）の大ヒットで一躍流行作家になった林芙美子《はやしふみこ》のもとには、原稿依頼の客がひっきりなしに訪れた。芙美子は旺盛に仕事をこなしたものの、執筆ペースははやい方ではない。締切に間に合わないこともしばしばあった。

1941（昭和16）年、芙美子は自ら設計した家に移り住む。玄関を上がって右手には、編集者・記者が待機する客間があった。だがいかんせん、来客が多すぎる。芙美子は不意の客を門前払いにすることがあったし、知り合いであっても居留守を使うことがあった。急用で出かけていますと、お手伝いの人に嘘をつかせるのだ。だが、付き合いの長い編集者なら、そんなの嘘だと百も承知だ。簡単には食い下がらない。

1951年、芙美子は仕事の無理がたたったのか、心臓麻痺で急死する。満年齢にして47歳の若さだった。死の直後の早朝、編集者が原稿を受け取りに林邸を訪れた。締切が過ぎていたので、編集者は今日こそはと意気込んでいた。「芙美子は亡くなった」と説明を受けるも、編集者は締切を守らない芙美子の嘘だとしか思えない。結局、部屋に踏み込み事実だと確信するまで、信じようとはしなかった。編集者はこれぐらいずうずうしくないと、売れっ子作家には太刀打ちできないのかもしれない。

四、居留守を使いながら訪問客を慎重に選ぶ宇野浩二

行くと、お手伝いさんが出てくる。宇野さんはいらっしゃいますか、と聞くと、いいえ、ただいまお留守です、という。それで、わざと声を大きくして、名を名のって、帰られましたら来たことをお伝え下さい、といって、玄関の敷居をまたぐかまたがない間に、お手伝いさんの後ろの障子がガラリとあいて、実はいるんです、と宇野さんが出てくる。

あの間合いのよさから考えると、障子に耳をつけて、何者かと聞き耳を立てていたのだろう。

（頼尊清隆『ある文芸記者の回想　戦中戦後の作家たち』より引用）

《四、居留守を使いながら訪問客を慎重に選ぶ宇野浩二》

《解説》

大正期に、芥川龍之介や谷崎潤一郎と並んで人気を集めた作家。それが宇野浩二《うのこうじ》だ。代表作は、20代半ばで発表した『蔵《くら》の中《なか》』『苦の世界』など。創作への執念は並々ならず、原稿用紙9枚分の作品を書くのに、200字詰め原稿用紙を300枚以上費やすこともあった。「文学の鬼」と称されたゆえんである。

右の文章は、都《みやこ》新聞の文芸記者による宇野の回想。人気作家の宇野のもとには、原稿依頼の来客が多かった。本人は遅筆を公言していたものの、人気ゆえに注文が殺到し、一時はハイペースで執筆に打ち込んだ。そのせいもあり、心身が疲弊して創作から遠ざかった時期もある。この経験も影響したのだろうか、宇野に会えるようになるまで、訪問客は苦労させられたらしい。

ちなみに、やっと原稿をもらっても、こだわりの強い宇野は何度も原稿の修正を図ろうとした。原稿を渡した矢先に、速達や電報を送って、編集者らに修正を求めるのだ。一度や二度では済まないこともままあったというから、編集者としては「いつ原稿が完成するのだろう」と、ヒヤヒヤしていたに違いない。

五、荷風から速達で届けると言われた原稿が届かない

永井荷風訪問記《より》　一

北原武夫

私が、この本紙の学芸部につとめている時のことだが、もう数年前になるが、永井荷風氏に何か原稿を執筆して頂きたいと思い、当時まだやはりここにつとめていて部長だった上泉秀信氏に「永井さんはいくら頼んでも書きゃしないから無駄だよ」と何度も云われたのだが、どうしても諦め切れず「大丈夫ですよ、誠意をもってお願いしたら、いくら永井先生でも書いてくれますよ」という張り切り方で、（今から思えば随分乱暴だが）いきなり永井荷風氏の許《もと》に電話をかけたことがある。はじめ、女中さんか誰かの女の声だったのだが、途中から荷風氏自身が電話口に出て来られた。思いの外に若々しい、少し太い、しっかりした声だった。私は、ドキッとした。それで、周章《あわ》てて、早口に吃りながら、原稿をお願いしたいのでこれからすぐお伺いしたいんですがというようなことを電話口で云うと、「何枚位ですか」

《五、荷風から速達で届けると言われた原稿が届かない》

という声が聞え、二枚位で結構なんですけれど、とにかくこれからすぐお伺いしたいんですが、ともう一度云うと「イヤ、その位の原稿なら、わざわざお出下さらなくとも結構です。明日のお昼までに速達でお送りします、ええ、大丈夫です」とハッキリそう仰しゃって、電話が切れた。私は、あんまり簡単に承諾して頂いたので、びっくりすると同時に、何か狐につままれたような感じがし、受話器をもったまま、ちょっとの間トボンとしていた。それから、急に、何とも云えない、有難いような嬉しさがこみ上げてきた。――ところが、その荷風氏の速達の原稿は、翌日のお昼には届かず、そして、その「翌日のお昼」だけでなく、それから何日待ってもついに届かなかったのである。

※この後、新聞社の依頼を受けて、北原武夫は荷風へのインタビューを試みる。不安を抱きながらも編集部のHとともに浅草へ行き、荷風の馴染みの店をいくつか訪れた。そしてついに、荷風を発見することには成功するが……。顛末は次ページをご覧ください。

六、控えめにみえて強烈な荷風の記者撃退法

永井荷風訪問記《より》 二

北原武夫

私のすぐ前の鏡の中に映っている氏の顔は、しかし、そんな風な私の気の弱い感慨とはまるで反対に、陽に焼けて少し肥って、脂切っているようにさえ見える満面に、さも愉しげな気楽そうな微笑を泛《うか》べ、(声は聞えなかったが)絶えず談笑しているのである。私はふと、六十二歳という、私の父ともあんまり違わない氏の年齢を、改めて考えたりした。

その時、急に、氏が立ち上り、踊子三人と一緒に、ドヤドヤと裏の硝子戸から出てゆく姿が見えた。――私も急いで立ち上り、H君と一緒に、周章《あわ》てて、そのあとを追った。

出てみると、荷風氏はちょうどそこの煙草屋で、煙草を買っているところで、「バットを二つ下さい」という声が私にも聞えた。それで、荷風氏が、釣銭と一緒に、そのバットを外套のポケットに入れながら、煙草屋の店先を離れようとした時、――私は、急いで駆け寄り、

《六、控えめにみえて強烈な荷風の記者撃退法》

「先生！」と云いながら帽子を取った。

荷風氏は、ビクッとしたように立ち停まり、ちょっと私の方を見たが、私が名刺を差出すと、片手でそれを引ったくるようにし、てんで見ようともなさらず、もう二、三歩、逃げるようにして歩きかけて、「今日は、私、駄目なんです。この次に、明日は大丈夫です、明日いらして下さい」と早口に、そう云われた。私は、夢中で、「でも……」とか、「別に決してお迷惑はおかけ致しませんけれど……」とか、吃りながら、一生懸命にそう云った。走るように追いかけてきたH君が、私のすぐそばまで来て立ち停まるのが見えた。気がつくと、踊子たちは、（多分こういう情景には馴れているのであろうか？）どんどん行ってしまって、その辺には見えなかった。

荷風氏も、そこでとにかく立ち停まったが、ちょっとでいいから何かお話を伺いたいという私達の言葉には、「しかし、私はもう、そっちの方は何にもしていないんです。ですから、何にもお話しすることはないんです……」とそれだけを仰しゃるだけで、頑として諾《き》き入《い》れてはくれなかった。頑として、というと、何か厳めしい顔をして頑固にそう云われたように聞えるが、荷風氏の態度はむしろ慇懃《いんぎん》で、――近々と接すると、陽に焼けて逞ましい顔つきが一層精力的な感じがしたが、その顔に穏かな微笑を泛べ、絶えずニコニコして、言葉つきも優しく、時々、ひょいと、何だか玩弄《からか》われているのじゃないかという気がしたほどであった。

けれども、その時、ふと荷風氏の手許《てもと》に眼をやって、私はドキンとした。先刻引ったくるようにして私の手から受け取った私の名刺を、荷風氏はバットの箱と一緒に右手に摑んでおられるのだが、その名刺が、いつのまにかクシャクシャに揉みつぶされ、おまけに、私たちと話している間に、荷風氏は、そのクシャクシャになった名刺を、神経的に、なおも、もっともっとクシャクシャに揉んでいられるのだった。——私は、何とも云えない気持になり、哀しくて、ちょっと声が出なかった。

今何か書いておられますか、これからも書いてゆかれる心算ですか、浅草にはずっといらしてるのですか等々、というような私たちの次々の質問に対して、荷風氏は、それでも途切れ途切れに、次のように答えられた。

「もう今は書いておりません。だって、何にも考えていないんですもの……」

「もう今は誰とも交際《つきあ》っていないんです。前にはいろいろの人が来ましたが、もうその人達も止《や》めてしまって、料理屋になったり、靴屋になったり、みんなもう止めてしまいましたからね……」(しかし、これからも書かないつもりだとは、荷風氏は決して云われなかった)

「それア、銀座には買物があったりして、時々行きます。新聞社の写真班の人で、古くから知ってる人と会ったりすれば、話はします。でも、商売の話は、一つもしないんです……」

(荷風氏は文学のことを商売という言葉で云われた。新聞雑誌記者は、荷風氏の最も忌み嫌わ

《六、控えめにみえて強烈な荷風の記者撃退法》

れる人種で、殊に新聞の写真班はその代表的なものである。だからこれは、全部反語なのだ！）「浅草へは、ほんの時々しか来ません。今日は、楽天地で芝居を見てくれってある人に云われたので、その人に会いに、お正月になってはじめて来たのです……」（しかし、実際は、荷風氏は毎晩ずっとオペラ館に通っているのである！）

——というように、つまり、荷風氏が私に語った言葉は、全部意識された上での嘘だというわけではないにしても、少なくともほとんど上の空のいい加減な言葉だったのだ。それが、氏と話しているうち、一《ひ》と言《こと》ごとに、私にもはっきりと分った。

これでは、結局何時間かかっても何の話もして貰えないことが分ったので、では「失礼いたしました」と申上げると、荷風氏は、「ああ、そう、では……」と、さもホッとしたように仰しゃって、（その時の姿を私は今でも忘れないが）「ヘッヘ……」というような笑い方をして、ピョコンピョコンと何度もお辞儀をし、その度に跳ねるようにひょいひょいと足を上げ「じゃア……」と最後にもう一度お辞儀をすると、駈《か》けるようにして、スウッと歩き出し、——角のところでちょっと此方を振り向いてから、ゆっくりと、その角を曲ってゆかれた。

私たちは、茫然とそこに立っていた。その時の私の気持を云えば、まだ弟子入りはしないけれども、精神的には破門されたような、みじめな情ない気持だった。

七、旅行中という嘘の申し訳なさから本当に旅に出た乱歩

探偵小説四十年《より》　江戸川乱歩

宇野さんのことをもう少し書く。

さきにちょっと記した宇野さんに居留守を使ったという、けしからん話である。《中略》私はくさり切っていたときなので、心易い友達にさえ恥しくて、穴でもあれば入りたい気持だから、まして、私を認めて紹介までして下さった宇野さんには全く合わせる顔もなく、態々《わざわざ》訪ねて下さった好意を感激するよりも、そのうしろめたさ、恥しさが先に立ち、ギョッとしながら、旅行中ですと家内にいわせてしまった。そして、何ともいえぬ絶望の気持で、まるでたとえの「穴」の中へ入るように、蒲団にもぐりこんでしまったものである。

絶えずそのことが気になりながら、一月二月と日がたって行った。するとまた家に居たたまらなくなってイライラしながら旅に出たが、その途中、上州辺の温泉だったと思う、その

旅の空からやっと宇野さんに詫状を出した。私の上記の気持を詳しく記し、あなたは気づかれなかったかも知れませんが、実はあのとき居留守を使いました。それは一度私を認めて下さったあなただけに、このごろのだらしなさを顧ると、合わせる顔がなかったからです。それであなたにお詫びするために、本当に旅をしてこの手紙を出します、というようなことを書いた。

それに対して宇野さんから来た返事の手紙が、これもちゃんと保存してあるので、転載をお許し願うことにする。

「お手紙ありがとう存じます。変だとは思いましたが、私がおたずねした時、居られたとは思いませんでした。あのお手紙は、あなたのお作のどれよりも面白く(無論おかしい意味ではありません)拝見しました。

あのお手紙を見て、あれを書いたあなたを軽蔑するような、私は馬鹿ではないつもりです。おだてるわけではありませんが、あなたが、この後探偵小説でなく、普通の創作にも精進されることを望みます。誰だって、楽に、そんなに容易に、創作の出来るものではありません。

創作は人の一生の仕事です。今の所謂《いわゆる》中堅とか、既成とかいう作家の中でも、ちゃんとした人というのは何人もいるものではありません。僕なども、余程奢って考えても、十分の坂を三分か四分上ったところです。

二十歳から小説を書き初めるのも、三十歳から初めるのも、五十歳になって書くのも、皆同じことです。その心でさえ生きてたら、初めて四十歳になって処女作を書いても、いい作は書けると思います。

ひどく、先輩ぶったことをいうようですが、どうか御奮発を望みます。僕は何も普通の意味で、貴兄に玄関払いをされる訳はなく、またそんなことがあるとは考えませんから、気持など悪くする筈はありません。

どうか気が向いた時入らしって下さい。十一月十一日（大正十五年）」

宇野さんはここでも少なからぬ好意を見せて下さった。純文学をやれというのは、いくらか見込みがあるかも知れないと考えられたからであろう。宇野さんが必ずしも気を悪くしていないことを知って、私は一応安心したが、このお手紙の好意には応じ切れなかった。私はやはり探偵小説またはその類縁のものを書きたいと考えた。純文学は書けようとも思わなかったし、また書く気持もなかった。最初宇野さんを訪問したのも、あなたの文章の影響を受けた探偵作家です。あなたも探偵小説に興味をお持ちでしたら、お話を聞かせて下さいという外に他意はなかった。純文学は尊敬していたが、自からその作家になる気持はなかった。私はこの稿のはじめにも書いた通り生来の異常文学好きで、純文学方面にも認められるほどの探偵小説を書きたいとは思ったが、純文学そのものを、殊に普通の意味のリアリズムの文

《七、旅行中という嘘の申し訳なさから本当に旅に出た乱歩》

学を志す気はなかった。そういう自信がなかったばかりではなく、実は純文学よりも探偵小説の方が面白かったのである。

下手な小説を書いているので合わせる顔がないという理由で御無沙汰するというのは、ならずもののやり方であって、常識には反するのだが、私は右のような宇野さんの理解に甘えて、結局世間的な儀礼はつくさないままにうちすぎてしまった形であった。私はその後、宇野さんを一度もお訪ねしていない。純文学をやらないかといわれて、それが出来ないとすれば、お訪ねしても話題がないという気持も幾分あったし、また、その後宇野さんに読んで下さいというほどの探偵小説も書けず、勇んでお訪ねするという機会に恵まれなかったためでもある。

八、面倒くさがりの朔太郎によるとんちんかんな返事

萩原と私

室生犀星

この間奥さんからわたしの家内あてに手紙が来て、萩原はこのごろ自転車に乗るおけいこをして居りますと書いてあった。

詩話会の演説会があったときに、小畠貞一《おばたていいち》君を通じて萩原君に来ないかと言ってやったら、同じく奥さんからの返事に萩原は風邪《ひ》を冒いて居りますからという断り書きがしてあり、同時にわたしの家内あてに萩原は唯今旅行中ですと言って来た。わたしはこれらの返事を綜合して見て、れいの面倒くさがり屋の萩原が奥さんに自分でもとんちんかんの返事をかかせ、その検閲もしないで平気でああしておけばいいと考えているのが萩原らしく面白かった。何のために手紙をかくことが厭なのか分らないくらい、煩《うるさ》いことのきらいな男である。客がきらいで我儘者《わがままもの》の癖に、余り面と向って慍《おこ》らないでぷんとしてくるとそれを自分のからだに内

《八、面倒くさがりの朔太郎によるとんちんかんな返事》

訌させておくような人である。十年来の親友ではあるが余り怒ったことを見たことがない。

「は！　そうかね。」

気に入らないときは気のぬけた調子で、かれはこう言って詰《つま》らなさそうにしている。「は！そうかね。」の、その「は！」が全く詰らなく味気なさそうである。

「君は陶器のことが大へん分るように言うが、あれなぞ大していいものじゃないじゃないか？」

床の間にある壺を一見して、かれは素気《そっけ》ない調子で言った。

「大したものではないが、あれにも僕の好きがあるんだよ。」

「形がわるいじゃないか？」

「形なぞに迷ってる間はまだ陶器がよく分らないんだ。」

「そんなことはない！　第一形がわるくては……。」

萩原はしつこく繰り返して滅多に譲歩しない。軽井沢で壺を買ったときもひどく罵倒した。とにかく分らないくせに自分の意見だけは言うひとである。かれの陶器に対する鑑識は素人のうちの素人で、そうして一寸《ちょっと》した画家なみの壺の愛好者である。萩原は何と言っても陶器のことではわたしに譲歩すべきである。

二三度旅行を一しょにしたりしたが、いつも喧嘩ばかりした。我ままの言える友だちには我ままを言い合うことは快楽である。萩原もわたしも思い切りわがままを言う。そして宿の払いや勘定を二人で分けて払う。わたしが少しでもよけいに出そうものなら帰国してすぐ為替で送ってくる。……妙な、きちょうめんさがあるかと思うと、貧乏人というものは先きに勘定したがるものだなどと、わたしが勘定したあとで何時か言った。

湯河原へ行ったときに一人で茶代を三十円払い、女中に二十円くれた上、番頭に十円遣《や》った。そこへわたしと家内とが行ったので萩原の率でゆくとこちらは二人いるのだから倍に払わければならない。——

「詰らなく沢山やったものだ。一人なら十円でいいじゃないか。」

「僕もそう思ったんだが、君は軽井沢で三十円やったじゃないか。」

「あれは十五円だよ、それを君と二人前やったものに考えちがえたのじゃないか。」

「そう言えばそうだな。こまったな。」

「飛んでもないことをやる男だ。」

「おかげで旅費の三分の一をなくしてしまった。」

「おれもそのおかげでつらい目に会わなければならない。」

これはその後一つ話になっている。何も彼も知っているようで知らないところがある。何

《八、面倒くさがりの朔太郎によるとんちんかんな返事》

時かもわたしの家で泊ってかえりに女中に五円やったがその次《つ》ぎに来たときは、たしか一円でこれでいいだろうと言つた。それでいいよ、と言うとこの前五円ですこしおかしいじゃないかと言った。かまうものかそれでいいよとわたしは答えた。

萩原はドストエフスキイでもニイチェでもわたしの一歩さきに出て読んでいた。何んでも一歩ずつさきに歩いている。そのくせ一歩ずつあともどりもしている。議論をもった人である。わたしは議論が嫌いなのでわたしの方で控えていると、たまに食ってかかる。妙に哲学者肌である。哲学者のあいのこのようでもある。

洋服をきているが靴はバッタ靴である。佐藤春夫君のようにきっちりとすみずみに行き亘《わた》っていない。全体がいなかものの好みである。そのくせわたしを田舎ものだとよく罵《ののし》る。いまではそれに苦情はない。が、ひとしきりよくそうであるそうでないと争ったものであった。が、どこか紳士めいた人がらである。田舎と都会のあいの子で哲学者のそれでもある。

この間大阪へ行ったそうであるが、金沢へは寄らなかった。あんな近いところへ来ていて寄ってくれればいいのにと思った。七月上旬上京したときに、君が大阪からかえりに寄ってくれなかったから、僕も前橋へはよらないとハガキに書いてやった。腹立たしい男である。それほど愉快なところがある。いつか上京するから寄ると言って来たが、いつまで経ってもこなかった。或晩上野の勧工場《かんこうば》の前でよく似た男だと思うと、萩原がふところ手をして勧工場からひょっこり出てくるのだった。

「やあ、何日来た！」

「昨日来た。明日行こうと思っていたんだ。」

それは明日わたしをたずねるつもりだったろうが、その晩会わなかったらその明日の明後日に来たかも知れないと思った。友人にあうのさえ、めんどうがりやで、すぐ話に厭《あ》きてしまうらしい。素気ないようだが心の内では決してそうではないらしい。震災のときにかれは群馬の青年団に托して見舞手紙をよこして、帰国するなら一度かえりに寄ってくれと書いてあった。そして十円の為替を封入してあった。


こうして田舎にいると、萩原が前橋にいるのも退屈であろうと思った。前橋の人は萩原の仕事など知っている人がすくないだらう。居づらい気もちで故郷にいるのはたまらないものである。いつでもいいから気が向いたらわたしのいる間に金沢へ一度来てもらいたいと思っている。萩原が金沢へ来てから十年近くになる。だいぶ変っている。ぜひ、そのうち一度来てくれたまえ。

九、いかにして嘘をつかずに来客を断るか思案する谷崎

客ぎらい

谷崎潤一郎

○

たしか寺田寅彦《てらだとらひこ》氏の随筆に、猫のしっぽのことを書いたものがあって、猫にああ云うしっぽがあるのは何の用をなすのか分らない、全くあれは無用の長物のように見える、人間の体にあんな邪魔物が附いていないのは仕合せだ、と云うようなことが書いてあるのを読んだことがあるが、私はそれと反対で、自分にもああ云う便利なものがあったならば、と思うことがしばしばである。猫好きの人は誰でも知っているように、猫は飼主から名を呼ばれた時、ニャアと啼《な》いて返事をするのが億劫《おっくう》であると、黙って、ちょっと尻尾の端を振って見せるのである。縁側などにうずくまって、前脚を行儀よく折り曲げ、眠るが如く眠らざるが如

き表情をして、うつらうつらと日向ぼっこを楽しんでいる時などに、試みに名を呼んで見給え、人間ならば、ええうるさい、人が折角好い気持にとろとろとしかかったところをと、さも大儀そうな生返事をするか、でなければ狸寝入《たぬきね》りをするのであるが、猫は必ずその中間の方法を取り、尾を以て返事をする。それが、体の他の部分は殆ど動かさず、――同時に耳をピクリとさせて声のした方へ振り向けるけれども、耳のことは暫く措《お》く。――半眼に閉じた眼を纔《わず》かに開けることさえもせず、寂然たるもとの姿勢のまま、依然としてうつらうつらしながら、尻尾の末端の方だけを微かに一二回、ブルン！　と振って見せるのである。もう一度呼ぶと、またブルン！　と振る。執拗《しつこ》く呼ぶとしまいには答えなくなるが、二三度はこの方法で答えることは確かである。人はその尾が動くのを見て、猫がまだ眠っていないことを知るのであるが、事に依ると猫自身はもう半分眠っていて、尾だけが反射的に動いているのかも知れない。何にしてもその尾を以てする返事の仕方には一種微妙な表現が籠っていて、声を出すのは面倒だけれども黙っているのも余り無愛想であるから、ちょっとこんな方法で挨拶しておこう、と云ったような、そしてまた、呼んでくれるのは有難いが実は己は今眠いんだから堪忍してくれないかな、と云ったような、横着なような如才ないような複雑な気持が、その簡単な動作に依っていとも巧みに示されるのであるが、尾を持たない人間には、こんな場合にとてもこんな器用な真似は出来ない。猫にそう云う繊細な心理作用があるものかどうか疑問だけれども、あの尻尾の運動を見ると、どうしてもそう云う表現をしているように思えるのである。

○

私が何でこんなことを云い出したかと云うと、他人は知らず、私は実にしばしば自分にも尻尾があったらなあと思い、猫を羨しく感ずる場合に打《ぶ》つかるからである。たとえば机に向って筆を執っている最中、または思索している時などに、突然家人が這入《はい》って来てこまました用事を訴える。と、私は尻尾がありさえしたら、ちょっと二三回端の方を振っておいて、構わず執筆を続けるなり思索に耽《ふけ》るなりするであろう。それより一層痛切に尾の必要を感ずるのは、訪客の相手をさせられる時である。客嫌いの私は余程気の合った同士とか、敬愛している友達とかに久振《ひさしぶり》で会うような場合を除いて、めったに自分の方から喜んで人に面接することはなく、大概いつもいやいや会うのであるから、用談の時は別として、漫然たる雑談の相手をしていると、十分か十五分もすれば溜らなく飽きて来る。で、自然此方は聞き役になって客が一人でしゃべることになり、私の心はともすると遠く談話の主題から離れてあらぬ方へ憧れて行き、客を全く置き去りにして勝手気儘《きまま》な空想を追いかけたり、ついさっきまで書いていた創作の世界へ飛んで行ったりする。従って、ときどき「はい」とか「ふん」とか受け答えはしているものの、それがだんだん上の空になり、とんちんかんになり、間が空き過ぎたりすることを免れない。時にはハッとして礼を失していたことに心づき、気を引き締めて見るのであるが、その努力も長続きがせず、ややもすれば直ぐまた遊離しようとする。そう云う時に私は恰《あたか》も自分が尻尾を生やしているかの如く想像し、尻がむず痒くなるのである。そして、「はい」とか「ふん」とか云う代りに、想像の尻尾を振り、それだけで済ましておくこともある。猫の尻尾と違って想像の尻尾は相手の人に見て貰えないのが残念であるが、それでも自分の心持では、これを振ると振らないではいくらか違う。相手の人には分らないでも、自分ではこれを振ることに依って受け答だけはしているつもりなのである。

○

さて、ぜんたい私はいつから斯様《かよう》に、――猫の尻尾を羨んだりすること程左様に、――人と物を言うのが億劫になり、客嫌いになったのであるか、そしてそれには何か原因があったのであるか、と考えて見るのに、どうも自分でもはっきり分らないのである。辰野《たつの》隆《ゆたか》のような旧《ふる》い友達は皆知っていることであるが、中学から一高、大学時代頃までの私は決

《九、いかにして嘘をつかずに来客を断るか思案する谷崎》

して今のような黙りやではなかった。辰野は人も知る座談の雄であるが、私も彼に劣らないくらい話上手で、東京人特有の軽快なる弁舌を以て人を酔わせたり煙に巻いたりすることが得意であったし、警句を発し、諧謔《かいぎゃく》を弄《ろう》することも敢《あえ》て人後に落ちはしなかった。それがだんだん無口になったのは、物を書き始めてからであるが、無口になったために客嫌いになったのか、客嫌いになったために無口になったのかと言うと、多分客嫌い、――云い換えれば交際嫌い、――の方が先であったのだと思う。創作家になったためになぜ交際嫌いになったのかと云うと、これにはいろいろ理由があるのだが、日本橋の下町に相場師の悴《せがれ》として育った私は妙な気取を持っていて、当時の文士芸術家と云われる人々の醸し出す田舎者臭い空気が嫌いであった。彼等の中にも稀に生え抜きの東京人がいなくはなかったが、早稲田派の自然主義の人々を始めとして、概して田舎者が多かったから、その醸し出す空気はどうしても田舎臭かった。私もちょっとはその感化を受けて、髪をぼうぼうと伸ばして見たり、むさくるしい服装をして見たりしたが、間もなくそれが厭《いと》わしくなって、以後は努めて文士臭く見えないような身なりをした。洋服の時はキチンとした背広か、黒の上衣に縞ズボンか、でなければモーニング、帽子は山高帽を最も多く被ったが、和服の時は結城紬《ゆうきつむぎ》か大嶋に無地の羽織を着、いつも角帯をキリリと締めた町人いでたちで、一見商店の若旦那と云う恰好をしていた。そんなことが小山内君あたりの反感を買い、大家振っていやあがるなどと云われて憎まれたものだが、そうなると此方もいよいよ昔の仲間から遠ざかってしまった。田舎臭いことが嫌いな私は、自然書生臭いことも嫌いだったので、余程語るに足ると思う相手でない限り、めったに文学論や芸術論などを闘わすこともしなかった。それと私には、文学者は朋党《ほうとう》を作る必要はない、なるべく孤立している方がよいと云う信念があったのであるが、この信念は今も少しも変っていない。私が永井荷風氏を敬慕するのは、氏がこの孤立主義の一貫した実行者であって、氏程《ほど》徹底的にこの主義を押し通している文人はないからである。

○

そんな次第で、最初私は交際嫌いにはなったけれども、無口になったとは思っていなかった。人に接する機会が少いから、従って口を利くことも少いのであるが、しゃべらせればいくらでもしゃべれるのであり、性来の巧妙なる話術、流暢《りゅうちょう》軽快なる江戸弁は、自分がその気になりさえすれば時に応じて発揮し得ると考えていた。事実最初のうちはそうだったのであるが、何事も用いる度数が少くなればだんだん機能が衰えるもので、いつか私はほんとうに話下手になり、昔のようにしゃべってやろうと思ってもしゃべれなくなってしまい、そうするとまたしゃべることに興味も持たなくなってしまった。かくて六十三歳の今日では、交

《九、いかにして嘘をつかずに来客を断るか思案する谷崎》

際嫌いと無口の癖がいよいよひどくなって来て、自分でも折々持て余すくらいになったのである。無口と云う点では吉井勇の方が或は上かも知れないが、吉井はそう云っても交際嫌いではなく、口数は少くても絶えずニコニコしていて愛嬌があるが、私は気に入らないと直ぐにそれを顔に出し、退屈すれば人前であくびでも何でもする。ただ酒に酔うといくらかおしゃべりがしたくなるが、でもしゃべり出して見ると、到底昔のように滾々《こんこん》とは言葉が湧いて来ないので、結局平素より多少饒舌になり、声の調子が高くなると云う程度にしかなれない。されば現在の私に取って、日常生活の中で何が一番辛いことかと云えば、訪客の相手をすることなのである。辛くても意義のあることなら堪え忍ばなくてはならないが、前述の如く孤立主義を信条としている私は、会いたい時に、会いたい人に、此方が満足する時間だけ会えたらよい、その他の人には出来るだけ会わない方がよい、と云う考なのであるから、斯《か》様《よう》な男を訪問する人は気の毒であると云わなければならない。しかしそれにも拘《かか》わらず、訪客はかなり沢山ある。戦争中、田舎に疎開していた頃は暫くその難を逃れていたが、京都に家を構えてからは、一日一日と客が殖《ふ》えるばかりなのである。

○

それに私は、近頃老齢に達するにつれて、一層年来の孤立主義を強化してもよい理由を持つようになった。なぜかと云うと、いくら私が交際嫌いであるからと云って、六十何年の間には相当に知人が殖えており、若い時代に比べれば、既に現在でも交際の範囲が非常に広くなっているのである。若い時代には一人でも多くの人を知り、少しでも多くの世間を覗く必要があるかも知れないが、私の場合は、この先何年生きられるものかも分らないし、大体生きている間にしておこうと思う仕事は、ほぼ予定が出来ているのである。その仕事の量を考えると、なかなか生きている間には片付きそうもないくらいあるので、私としては自分の余生を傾けて、それをぽつぽつ予定表に従って片端から成し遂げて行くことが精一杯で、もうこれ以上人を知ったり世間を覗いたりする必要は殆どない。他人に対して願うところはただ少しでも予定の実行を狂わせたり、邪魔したりしてくれないように、と云うことに尽きる。尤《もっと》もこう云うと、さも勉強家のように聞え、寸陰《すんいん》を惜しんで始終仕事に熱中しているように聞えるかも知れないが、実際はそれの反対で、若い時から人並外れた遅筆家であった私は、老来種々なる生理的障害――たとえば肩が凝るとか、眼が疲れるとか、神経痛で腕が痛むとか云ったような、――が加わるに及んで、いよいよその習性がひどくなり、原稿用紙一枚書くのにも、間で庭を散歩するとか座敷を歩き廻るとか云う合の手を入れなければ、根気が続かない有様なので、仕事中と云っても正味執筆している時間は割合に少く、ぼんやり休養している時間の方が遥かに多い。つまり、一日のうちで諸条件の備わった、順潮《じゅんちょう》にすらすら筆が動いている時間はほんの僅かしかないのであるから、それだけになお邪魔が這入ると被害が大きいことになる。ほんの五分か三分でよいからお目に懸《か》りたい、などと云って来る人があるが、その三分か五分のために折角の感興が中断されると、再び書斎に戻って行っても直ぐには油が乗って来ないので、三十分や四十分は忽《たちま》ち空に消えてしまい、どうかすればそれきり書けないでしまうことがあるから、邪魔される分には時間の長い短いは大して関係がないのである。そこで、昨今の私は出来るだけ交際の範囲をちぢめ、せめてその範囲を現在以上に広げないようにし、新しい知人をなるべく作らないようにしている。昔は交際嫌いと云っても美人だけは例外で、美しい人に紹介されたり訪ねて来られたりすることは、この限りではなかったのであるが、今はそれさえも余り有難いとは思わない。と云うのは、今日でも美人が好きであることに変りはないのだけれども、年を取ってからは美人に対する注文が大変面倒になって来ているので、普通の美人と云うものは、殊に今日の尖端的タイプに属する美人と云うものは、私には少しも美人とは映らず、却って悪感を催すに過ぎない。私は私でひそかに佳人《かじん》の標準を極めているのであるが、それに当て篏《は》まる人と云うものは寔《まこと》に暁天の星の如くであるから、そんなものが無闇に出現しようとは思ってもいない。むしろ私は今日までに知ることを得た何人かの佳人との間に、今後も交際をつづけて行かれれば満足であり、老後の私の人生はそれで十分花やかであって、それ以上の刺戟《しげき》は欲しくないのである。

○

訪客を断るにはいろいろの手があるが、最も普通に用いられるのは居留守を使うことであろう。取次に出る女子供に取っては、面倒な言訳をするより「只今主人は留守です」と云ってしまうのが一番簡単だからであろうが、私はこの手を用いるのが嫌いなので、家の者を警《いまし》めて、「主人は在宅しておりますけれども、紹介状を持たない方にはお目に懸らないことにしております」という意味を、せいぜい慇懃《いんぎん》な言葉を以て、客に徹底させるようにしている。それは何よりも、客のためにウソを吐《つ》くことが癪だからであるが、――狭い家だとウソを吐いたために便所へも行けず、シャックリやクシャミも出来ないのである。――居ても会わないのだと云うことをはっきりさせておかないと、二度も三度も訪ねて来るようなことになって、交通難の折柄、客にもいよいよ迷惑を掛けるからである。しかし書生だとよいが、女が出ると、つい云わないでもよいおあいそを云い、それに只今は生憎忙しゅうございまして、とか何とか余計な文句を附け加えて意味をボカスようなことがありがちである。ナニ、怒っても構わないからもっとはっきり云いなさいと云うのだけれども、客に依っては腹を立てて詰問したり、執拗に食い下ったりする人があるので、女では兎角《とかく》そこのところがきっぱり行かない。それでも私は頑として応じないので、取次の者が板挟みになって困ることは始終である。東京その他遠隔の地から来た人の場合、断るのは忍びないけれども、やはり紹介状のない人には会わないと云う鉄則を厳重に押し通していると云うのは、それが評判になってくれた方が、結局後のためによいからである。中には私の知人の名を挙げ、何々先生とは御懇意に願っておりまして、とか、何々先生が紹介状を書いて上げようと仰っしゃったんですが、とか云う人があるが、それなら面倒でももう一度出直して何々君に紹介状を貰って来て下さい、と云うと、そう云う人はそれっきり来ないのが普通である。ほんとうに紹介状を持って来た人には勿論《もちろん》会うが、私の友人たちはそこは心得ていてくれて、煩わしい客を差向けて寄越すようなことはめったにない。

○

東京はどうか知らないが、京都にいると、飲み食いの会に招かれることも非常に多い。座談会なら分っているが、そうでなく、ただ飲み食いだけに招かれることもしばしばある。だが、多人数の集合する席へ出れば、自然名刺の交換などから知人が殖えて行くことになるので、それだけでも大概迷惑である上に、老人は食物についても美人と同様いろいろむずかしい注文があるので、御馳走になると云うことは決してそんなに有難いことではないのである。尤も戦争から此方、昔のような料理を食べるにはその方面に特別顔の利く人に連れて行って貰い、しかも大金を投じなければならず、なかなかわれわれ普通人には企て及ばない事情があるので、招く方では大いに恩恵を施してくれるつもりなのであろうし、またわれわれを出しに使って自分達が滋養分を摂取しようと云う考えもあるのであろう。そう云えば近頃は、専らこの「滋養分を取らせる」と云うことを目的にした、不思議な取合せの料理が流行《はや》るようである。去年東京へ行った時、或る場末の料理屋へ招かれたら鮪《まぐろ》の刺身が出て、ビフテキが出て、天ぷらが出て、カツレツが出たことがあった。また或る田舎の旅館では晩に鱧《はも》のちり鍋が驚く程多量に出て、翌日は朝から肉のスキ焼が出た。場末や田舎だけかと思ったら、京都の街のまん中の旅館（？）などでもそう云う料理を食べさせられたことがあったが、日本料理とも中華料理とも洋食とも何とも分らない取合せで、つまりわれわれを平素配給物ばかり食べている人種と見、こんな機会にうんと栄養を取らしてやりさえすればよいのだ、と云うような列《なら》べ方《かた》で、料理の作法も何も無視した、凡《およ》そ人を馬鹿にした、さもしい料理なのである。私は年齢のわりに健啖《けんたん》の方であるから、出されれば余程まずいものでない限り、片端から平げてしまうのであるが、いつも腹が一杯になってから、何だか下らなくいろいろなものを胃の腑へ詰め込んだような気がして浅ましくなる。そして何より腹が立つのは、その日の牛飲馬食が祟ってそれから二三日食慾が減退し、折角家人の手料理で自分の好きなものを作って貰い、自宅でゆっくり夕餉《ゆうげ》を楽しもうと思っていたことが、ふいにさせられるのである。老人の身には栄養過多の油っこい料理は有害で、そんなものよりはよく吟味した味噌醤油等を使って、自分の好みに適うように作られた家庭料理の方が嬉しいのであり、また実際に、昨今では普通の街の料理屋よりは自宅の材料の方が安心なので、揚げ物などは自分の家で交りけのない食用油を使ったものでないと、うっかり食べられもしないのである。これを要するに私は飲み食いの会の方も、自分の好きな人たちだけの集《あつま》りで、好きな料理が出て、自分の仕事の邪魔にならない時にだけ、出席することにしたいと思うのではあるが、実はそれさえも決してそんなに気が進んではいないのである。

六

喧嘩と嘘
――坂口安吾たちの嘘――

嘘をついたと誤解されて喧嘩になる

本書最後のテーマは、「喧嘩と嘘」。

悪意ある嘘が喧嘩の種になるのは言うまでもないが、嘘をついたと誤解されるだけでも、厄介なことになりがちだ。当人は嘘をついていなくとも、相手に嘘だと思われれば、もう危ない。話はかみ合わないから理性的に話し合うことはできず、行きつくところは喧嘩である。

横光利一《よこみつりいち》が「嘘の原稿」に描いたのも、嘘と男女の喧嘩に関する話である。横光らしい独特の言葉づかいをもって、嘘の苦しみが描かれている。冒頭には、横光による嘘に関する考察も書かれている。

坂口安吾《さかぐちあんご》とその妻三千代《みちよ》の壮絶な喧嘩も、誤解から生じたものだった。喧嘩と言うより、安吾の暴走と言ったほうが、正しいかもしれない。

安吾は、すぐに帰ると言っておきながら何日も家を空けたり、怒り出したら延々と怒鳴り続けたりと、非常に破天荒な人物だった。向精神薬として使われていた覚せい剤（アドルム）の摂取で、感情が不安定になるときもあった。そんなときに疑いの目を向けられて、三千代がたいへんな目に遭った話が、「安吾と人麿」には描かれている。

もちろん、喧嘩をするからといって、仲が

悪いとは限らない。固い友情で知られる萩原《はぎわら》朔太郎《さくたろう》と室生犀星《むろうさいせい》は、若いころには始終喧嘩をしていたが、それは友情の裏返しである。朔太郎の「田端に居た頃（室生犀星のこと）」の書きぶりが、その何よりの証拠だ。

　以上のような作品を通じて、嘘がいかなる衝突を生むのか、みていくことにしよう。

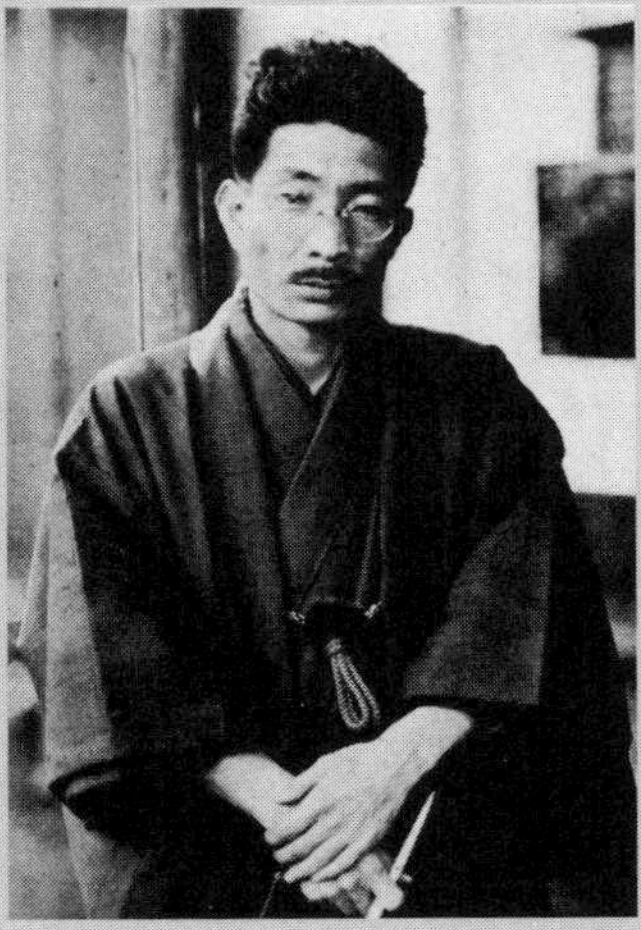

（上左）横光利一／（上右）坂口安吾／（下）室生犀星（いずれも国会図書館所蔵）

一、男女の喧嘩話を例に嘘の苦しみを語る横光利一

嘘の原稿

横光利一

「嘘」について書くようにとのことである。こう云う漠然とし朦朧《もうろう》としてしかも世の中で最も重要な地位をしめている「嘘」について。そうしてこの嘘と云うことはしかく面白く噛み味深く広々とした内容と味覚を持った言葉であるだけに、種々雑多な言葉の中から特にこの言葉だけを選出した編者の聰明《そうめい》さも面白い。が、さて嘘と云うことはいかなることかと考えるとこれはまた書く者にとって甚だ興深くなければならない筈であるにも拘《かかわ》らず面白くはない。何《な》ぜかと云えば、言葉と云うものはこれこそ真実の言葉であると思っていても、必ず表現してしまった点々の言葉の中には何らかの嘘があるからだ。真理とはとかく飄々としたものだとの言葉はショウの口から出たそうである。が、左様に風の如く飄々としたものが真理真実であるとしてみた所からしてだけでも、早や既に如何に真理真実は摑み難く、嘘はいかに大気の如く広広

《一、男女の喧嘩話を例に嘘の苦しみを語る横光利一》

とつきまとって来るものであるかと云うことも分ると思う。一言の言葉を吐くために、偉大な人々はどれほど惨憺としてこの真と嘘とのために戦わされて来たものか。そうして、世界の山の如き人々の言動は刻々に真に向って世紀の波動と共に押し寄せ逆捲《さかま》きながら進軍した結果はいかが。なお真理は依然として飄々たる風の如し。さて真理とはいかなることか。女は男に嘘をつき、男は女に嘘をつき、女は男に嘘を吐かせ、男は女に嘘を吐かせながらもなお、男は女の嘘に苦しみ、女は男の嘘に悩む。長者は幼者に嘘を教えてその嘘を怒り、富者は嘘を以て貧者を使役し、貧者はその嘘に答えるに嘘を以って富者を食みつつ運転さす。かかる対句の最早や常套に陳腐なごとくしかくもっとも真実であるものこそは、この世界に於けるこの嘘の変転美妙な資格であろう。この以外にさて真実とはと考えたとて、筆者とても明らかでないことは明かなことである。われわれは、大嘘つき者に屢々《しばしば》出逢う。大嘘つきを正直者にさすには、その前えより大きな大嘘つき者を置くことだ。人生に於て嘘つきよりも正直者の方が尊いのは定っている。だが、正直者が、正直者を馬鹿にしない嘘つきを軽蔑するとき進歩がなく、正直者に正直なことを云うときよりも、嘘つき者に正直なことを云うときの方がより害が少く、より利益の多いためしも時々ある。だがまたわれわれは、正直な人間を拉《らっ》し来たって試みに正直だ正直だと云ってみるがよい。時には彼は、いつの間にか正直を看板に応用した大嘘つき者と同じ程度の悪辣な大正直者になり澄《すま》しているであろう。またわれわれは、嘘つき者が正直者になろうとすることに嫉妬を感ずる正直者をも見るではないか。正直者は、正直になろうとする嘘つき者を正直者と見てやるとき、初めて彼等の正直さは嘘つき者を救い上げ人生を救うのは定っている。古来多くの偉大な人にして、時々彼が利欲から眼下に見下している民衆を向上せしめんがため、或いは彼らの美点を強いて模索し延長した架空的な喜ばしき言葉の中に、われわれはまた屢々莫迦げた嘘を見出すと同時に、またその莫迦げた嘘が堂々と人々の脳裡を公理となって運行していることをも発見する。この公理を称して道徳と云う。道徳は嘘である。何ぜなら、それは巧利であり、時代と共に変質する特質を持っているからだ、変れば嘘にちがいない。曾《かつ》て真実にして今嘘となる真実は、われわれは永久に賞讃することが出来ないのも定っている。嘘は時代に苦痛を飲ませて毒害する。この故に時代は嘘より逃れんがために進歩する。時代を進歩さすものもまた嘘である。古きものより新しきものへ。新らしきものは絶えず真にして嘘。真にして嘘なれば嘘にして古くなり、刻々刹那刹那の真の連続は即ち嘘。明暗のごとく真と嘘とはかくして何処へか回転する。われわれとは、かかる上で怒り、泣き、笑う子を産む奇妙なもので、絶えず真実を真実と尊びながら嘘をつき、嘘に悲しみ怒りながらもなお絶えず嘘をついて笑い楽しむ言語道断な肉体である。しかもこの肉体には男と女の二種類の別がある。嘘のそもそもの出生はこの分類にあり、曾て何者の仕業とも分り兼ね、それを探らんとして探り得ずして嘘をつく者を哲学者と云う。神とは即ち彼らの名づけた嘘である。さて、私は

《一、男女の喧嘩話を例に嘘の苦しみを語る横光利一》

こう云う嘘の原稿をいつまでも書いているわけにはいかない。所詮いくら書いても少くとも嘘の見本になりそうな嘘の原稿を。編者も皮肉な人に相違ない。しかし、私は最早やその返報を考えついた。私はそれらの皮肉な人々を一本参らせるに足る充分立派な物語を知っている。これは最も近代的な悲しむべき嘘の話である。美しくいみじき限りの嘘である。それは、とある玲瓏《れいろう》とした相愛の男女の仲で、或る日女はその熱情を傾けた美しき手紙を愛人に書き送った。男はその手紙を受け取って読み出した。ところが、彼の肩は見る見る中に曇って来た。何故か。それは、その文面があまりに美しき文字のために飾られていたからだ。

「嘘つけ！　嘘つけ！」

これが彼の怒りの叫びであった。もしも彼女の真心がその心の如く真実に美しくあったなら、何故彼女はかくも爛漫《らんまん》とした文字を書くことが出来るであろう。彼女の文字はその愛情の範囲を飛び越えて明かにその嘘の連句となっているのではないか。

「嘘つけ、嘘つけ。」

以後、彼は彼女の言葉を疑い出し、その愛に満ちた表情を眺めては顔を曇らせ、彼女の手紙を読む度に、その文字よりも数段の割引きを絶えず心の中でしていなければならなかった。このことは彼の心にある煩雑な不愉快さを植えつけ出した。二人の仲は曇って来た。これはもっともなことである。近代人のなやみである。愛人の間の幸福とは互に信頼し合う以外にあれば、そのものこそは英雄となって嘘を製することなどは易々たるものであろう。さて、彼は不幸にも善良に英雄の資格を忘れていた。彼の愛人は、彼の真実の追求心のために苦しめられた。かくして、二人の前には恐るべき陥穽が待ち伏せ出した。

或る日である。彼はその絶えざる憂鬱さを持って徳高き人生の教師のもとを尋ねて行った。教師はその生涯に於てこの世の嘘と名づく可きあらゆる嘘の試錬のために白髪となっていた。その教師は彼に云った。

「それは、あなたの愛人が、その心のあまりにも貴き愛情のために、かくも美しき嘘の言葉を書いたのである。」と。

しかし、まだ彼には明瞭に教師の言葉が分らなかった。すると、教師は更に言葉を続けて云った。

「それは、彼女が自分の真実なる愛情をいかにして君に伝えんかと苦しんだ結果である。」と。

そこで、青年は救われた。春が彼らの二人の上に再び喃々《なんなん》と回って来た。――そこで私はこの嘘の原稿の筆をとどめなければならない。何ぜなら、私は皮肉に報ゆるにかく美しき嘘を書き終えたことになるのだから。しかし、嘘の如く朦朧《もうろう》としてこの嘘の原稿の不分明さはこれは私の責任では決してない。何ぜなら、それは嘘そのものが悪いのだ。そうして、かかる言葉を呈出《ていしゅつ》した人その人も。

二、妻が描く坂口安吾との波乱の生活

安吾と人麿《より》

坂口三千代

たぶん桐生に越して間もない昭和二十八年頃だと思う。坂口は「柿本人麿」という歴史小説を『オール讀物』に書いた。文藝春秋新社からは中戸川さんがおいでになっていて、原稿を待っていた。十八畳ほどもある広い茶の間兼客間で私は中戸川さんにお酒などすすめ、世間話などしながら間をつないでいた。その茶の間のうえが仕事部屋で、「オーイ」と彼がいえば私たちにすぐ聞える。私はその「オーイ」というのを待っていた。五、六枚ずつ編集者の方に原稿を取次ぐのが私の役目であり、したがって私もいつか生原稿を読ましてもらう習慣になっていた。いつだって締切に追われ、締切ちかくなるまで何となくグズグズしており、同じ映画を三べんも五へんも見たり、またはノドカな顔をして散歩をしたり――もっともこの間も小説のことを考えているのだろうけれど――もう明日が締切というころになるとまるで学生の試験前のようにねむくてねむくてしょうがなくなるという人で、どこへ書く場合でもギリギリまで待ってもらうので、編集者の方は逼迫した真剣な面持で時計ばかり眺め、でき上った枚数がたとえ半分にみたなくてもその日のうちに電車に乗って帰京し、また出なおして翌朝きますとおっしゃる方が多かった。

中戸川さんも例によってにこやかな顔をしていても、時計ばかりたえず眺めていらっしゃった。けれどもこのときは終電車には間に合うように原稿ができ上り、悠々と全部をまとめて読む時間があった。中戸川さんが読んで、私に一枚一枚廻して下さる。その間に誤字などあると彼に聞いて直す。いつでもそうだけれども、編集者が原稿を読んでいるあいだ、彼はじっと黙って試験官の前の小学生のように神妙にしている。書いているつづきのように神経が一カ所に集ったままでいる。読み終ると「どうですか?」とたずねる。すると編集者は「結構です」とかなんとかいって感想のようなものを述べる。それで初めてほっとしてはりつめていた気持をほぐすのだった。

けれども私はこのとき大変なショックを受けていた。「柿本人麿」という小説は、そもそも私たちのことではないか? 柿本人麿というのは彼のことであり、その女房は私のことだ。文中「都に落ちついたら、きっと迎えをよこすからな」といって旅に出る。そして人麿がなんとなくフルサトへ帰りたくなり石見へ帰ってきたのは、女房が死んでしまってからである。

「すぐに帰ってくるからね」といって彼は外出する。一週間、二週間はまたたく間にたつ。私がそれを信じていないのも知っているし、自分がウソをつくのも知っている。彼はかねがね「女房はイヤなものだなア」と思っているのだ、それは人麿と同じ思いなのだ。

《中略》

愛情が憎しみだか憎しみが愛情だか、誰だって彼と暮らせばわけがわからなくなるだろう。

これもやはりその頃のこと、東京から親類の者が遊びに来た。皆で楽しくジンなどを飲んで陽気にしていたのだが、何を思いついたのか、「銀座のバーへ飲みに行こう。オレがいいところへ案内しよう」と言い出した。

言い出せばあとへひく人ではないから、「では行っていらっしゃいまし」と快く外出の支度をしてあげた。

「仕事もあるし、じき帰るからね」そういってBとつれだって家を出たのだけれど、やっぱりすぐにはもどってこなかった。

三日目に全身ドロまみれでお勝手のほうから上ってきた。たいへんゴキゲンは良かったけれど、目がすわっていた。体の重心がとれない。

アドルムだと私は直感した。お酒ならば相当に飲んでもふらつくような人ではない。近頃はアドルムなどは全然飲まなかったのに一体どんな理由があったのだろう。何事が起ったのだろう。

アドルムだとすると言葉遣いに気をつけなければならない。私はさっと緊張した。

「八重洲口からのバスで帰ったんだ。親切な子がいてね、今日のバスの最終に必ず乗せてくれって頼んだのさ。そしたらちゃんと乗っけてくれたね。寝てきたんだ、バスの通路にねてたんだ」

「どうりでドロドロなわけだ。早くお休みになったほうがいいわ」

というと、

「まあ、オレの話をよく聞け。東京でオメカケをつくってきたよ、お前はどう思う？ たいへん親切ないい子だよ。お前にはないようないいところがあるな。自前でウィスキーを買ってきてくれたり、アイスクリームを買ってきてくれたりしたな。お前より美人じゃないよ、安心したろう」

ごろりと横になってそういった。

月五万円で契約したよ、金はもう置いてきたよ、バーテンのブーちゃんが管理人で浮気しないようになってるんだ、ということで、私にオメカケを認めなさいというのだった。

私は半信半疑。ただ五万円などという金額が出てきたから、或いは？ と思うのだが、アドルムのせいで口から出まかせかもしれないとも思った。

「お前にオメカケをあわしてやろう。いい子だからお前も気に入るよ。彼女はお前を尊敬する

《二、妻が描く坂口安吾との波乱の生活》

だろう。仲よくしてやってくれ、もうアパートも借りたよ」

「どこへ？」

多分目黒といったような気がする。地名まで出てきてはほんとうかしら、と思う。

「でもそれでは約束が違うわね。大勢の人、何人つくってもいいけど、そのために全財産つかってもいいけど（もっとも財産などなかった）、ただひとりの人はつくらないという約束よ。私はいやだわ。その人にあいたいとは思わないし、私は知らないほうがいいわ。でもつくっちゃったんなら仕方ないわ」……つくったのなら仕方がないというのは言ってみただけだ。

あいたくないといったのがいけないのか、仕方がないといったのが悪かったのか、途端にけわしい顔になった。どうしてもあわせると言い、オメカケを認めろと言い、お前は生意気なイヤな奴だと言った。

坂口の声はだんだん大きくなり、女中部屋はひっそりとしていた。ラモーは片隅にうずくまってちいさくなっていた。そして口争いの合い間には、アドルムを買ってこいというのだった。

明け方近くなるまで続いていた。私はふと御不浄にたった。彼はそれを何と間違えたのだろう。やにわに立ちあがると「卑怯者」といいながら追いかけてきた。私は「違う、違う」といったけれど、間に合わない。血相を変えて御不浄の戸をひき開けようとした。せまい所では逃げ場がないから、一生懸命ひき戸をおさえていた。すると彼は、「ようし出るな、絶対に出してはやらないぞ」といって、ひき戸の前へ長椅子や、小引出し鏡台などうずたかくつみあげた。そして彼は御不浄の外側へ廻り、ちょうど窓の真向いに金魚の泉水があるので、そこから水をバケツで汲み出しては私めがけて何杯もぶっかけた。しまいには金魚の餌の糸みみずの入っているドロのバケツも私めがけてぶちまけた。私は夢中で陰にかくれ、小さくなっていたからさしたる被害は受けないけれど、彼のほうは裸ではだしで石の上へ飛びおり、オマケに転んだりしたから、太腿のあたりから血が流れ、全身ドロンコで無慚であった。閉じこめられて出られないから飛んで行って傷の手当をしてあげたいと思っても、「かわいそうに」と思うばかり。

今度は戸の前へもう一度もどり、「ヤイ出してやらないからそう思え」とか、「てめえのようにイヤな奴はない」とかいっていたが、茶の間にもどって寝てしまった。

寝てしまったのならなんとかして出ようと思うから、戸を一生懸命ひき開けた。いろんなものが寄りかけてあって、一寸ほどしか開かなかった。そして驚いたことには、セルロイドの化粧皿の横に火のついたたばこがあった。あれに火がつけば火事になり、まず第一、私が焼け死ぬ。あわてた私は戸をドンドンたたいた。

みんなねむっているのだ、聞えないのだと思うと、ますます私はあわてた。女中さんがきてくれたときには、セルロイドに火がついてバッと燃えあがっていた。

三、作家は弁明を書くべきではないと言いつつ…

余はベンメイす

坂口安吾

先日朝日評論のO氏現れ、開口一番、舟橋聖一《ふなはしせいいち》のところには日に三人の暴力団が参上する由《よし》だが、こちらはどうですか、と言う。こちらはそんなものが来たことがない。来る筈もないではありませんか。

東京新聞のY先生（なぜなら彼は僕の碁の師匠だから）が現れての話でも、世間ではもっぱら情痴《じょうち》作家と云ってますが、御感想いかが、と言う。すると、それから、西海と東海と東京と三つの雑誌と新聞から同じようなことを言ってきて、私の立場に就いて、弁明しろと言う。弁明など考えたこともないから、しろと云っても、無理だ。

朝日評論のO氏も弁明を書けという。まるでどうも、私が東京裁判情痴部というようなところへ引きだされて目下訊問を受けているようにきめこんでいる様子で、私も恐縮したが、まったく馬鹿げた話である。

こうきめつけられては、てれてニヤニヤする以外に手がなくなって、そうかね、私は情痴作家ですか、などと云うと、知友の筈のY先生まで、舟橋・織田も情痴作家とよばれることを厭がりますね、などと取りすましている。とりつく島がない。

いつだったか新潮社のS青年が現れて、サルトルは社会的責任を負うと声明していますが、あなたは如何という。この方はハッキリしていて気に入ったから、勿論《もちろん》だ、牢屋へでもなんでも這入《はい》る、と威勢のいいところを見せて、ソクラテスを気取ったものだ。じゃ、あなたも声明を書きませんか、ときたから、私も憤然として、そんなこと書くのはヤボというものだ、作家が自分の言葉に責任を負うのは当然ではないですか、決闘して死んだ男もあるですよ(ホントかね)。あんまり見上げたことではないが自殺した先生方も多々あるです。僕など生きることしか手を知らないのだから、酒となり肉体となり、時には荘周《そうしゅう》先生の如く蝶ともなれば、ここに幻術の限りをつくして辛くも生きているにすぎない。あに牢獄を、絞り首を怖れんや。絞り首は恐入《おそれい》るけれども話の景気というもので、ザッとこういうぐあいに御返事申上げた。だいたいサルトルが書いたから私にも書けとは乱暴な。先日酔っ払って意識不明のところを読売新聞の先生方に誤魔化されて読みもしないサルトルにつき一席口上を書いたのが運の尽きで、改造だの青磁社だのまだ出来上らないサルトルの飜訳《ほんやく》のゲラ刷《ずり》だの原稿だの飛び上るような部厚な奴を届けて汝《なんじ》あくまで読めという。これ実に、人泣かせの退屈きわまる本ですよ。街頭で酒店で会う人ごとにサルトルはいかがとくる。まるで私が今サルトルと別れてフランスから帰ったような有様だから、私もつい癪にさわって、うん、シロでサルトルとシャンパンにカレイのヒレを落してオカンをした奴をのんだよ、うまくなかったね、しかし実存主義よりはいくらか清潔な飲み物でした、などと言う。すると中には、へえ、シロってのは何ですか。君シロを知らないですか。プルウスト先生行きつけのパリきっての上品なレストランです。ここでシャンパンを飲んだのは日本人で拙者ぐらいのものですよ、とおどかす。すると、へえ、あなたが、と云って、私の行きつけの怪しき飲み屋の怪しき構えを改めてジロジロ見まわしたり、または私の怪しき洋服に目をつけたりする。巴里へいついらっしゃったんですか、ときくから、君冗談じゃないぜ、僕は日本にいくらもいやしないよ、戦争になって、やむなく交換船で追い返されてきたのだ、実存主義なんて八九年前に僕がモンマルトルの屋根裏で寝言のつもりで言いだして、今はもう忘れてしまったんだ。執念深く覚えているのはサルトルぐらいのものだぜ、と云って、あとはクダをまいてしまう、というテイタラクである。

《三、作家は弁明を書くべきではないと言いつつ…》

作家は弁明を書くべき性質のものではない。書くが如くに行い、行うごとく書き、わが生存、わが生き方がそこに捧げられているのであるから、他の何物を怖れるよりも、自我自らを偽ることを怖れるものであり、すべてが厳たる自我の責任のもとに書き表されていること、元より言うまでもない。社会的責任の如き屁の河童《かっぱ》ではないですか。論ずるだけがヤボであり、そういう文学以前の問題にかかずらって一席弁じるサルトル先生も情《なさけ》ない先生だが、作家に向い弁明などと注文せられる向きの編輯者《へんしゅうしゃ》諸先生は先ず以て三思三省せらるべし。

諸君は各々の家に於て日常何をしておられるか？　思うに諸君（以下、君の中には女の方も入れてありますから）は、父であり、母であり、子であり、良人《おっと》であり、細君であり、恋人であり、諸君もまた、男女の道を行われること当然ではないか。かかる私事はこれを人前にさらけだすべきものではなく、礼儀に於て、常識に於て、そうである如く、如何なる破壊混乱の時代に於ても、かかる表出は礼儀化されぬ性質のものであるかも知れない。貝原益軒《かいばらえきけん》先生は只今《ただいま》房事中と来客を断られた由であるが、私はこういう聖人賢者は好きではない。こんなところは何も正直に言うことはないさ。只今所用があるからぐらいで充分で、こういう惨《みじ》めな正直づらは、私はイヤだ。

文学はこういう芸のない正直とは違う。こういう時には嘘をつく人生を建前とするのが文学のもとめる真実です。

だが、諸君は各々の私事に於て、正しいこと、自ら省みて正しいと信ずることを行っていられるか。諸君は信じておるかも知れぬ。しかし、それが、自ら省みること不足のせいであり、自ら知ることと足らざるせいであることを、そうではないと断言し得るや。カトリックに於ては、善人は天国へ、悪人は地獄へ、生れたばかりの赤ん坊は煉獄《れんごく》（ピュルガトワル）へ行きます。日本では普通、煉獄を地獄よりももっと悪い所のように考えているが大間違いで、ピュルガトワルとは天国と地獄の中間、即ち善ならず悪ならず、無の世界で、赤ん坊は善悪に関せざる無だから赴く。私自身の宗教に於ては、赤ん坊だけではない、自ら省みて恥なしなどという健康者はみんな煉獄へ送ってしまう。人間の真似をしている人形だから。

諸君は夫婦であり、恋人達だ。諸君は男女の道を、恋人の道を行い、満足ですか。不安ではないのですか。平気ですか。幸福ですか。

快楽ほど人を裏切るものはない。なぜなら、快楽ほど空想せられるものはないから。私の魂は快楽によって満たされたことは一度もなかった。私は快楽はキライです。しかし私は快楽をもとめずにいられない。考えずにいられない。

諸君は上品です。私事に就ては礼儀をまもって人前で喋《しゃべ》らず、その上品さで、諸君の魂は真実ゆたかなのだろうか、真実高貴なのだろうか。

すべて人間の世界に於ては、物は在るのではなく、つくるものだ。私はそう信じています。だから私は現実に絶望しても、生きて行くことには絶望しない。本能は悲しいものですよ。どうすることも出来ない物、不変なもの、絶対のもの、身に負うたこの重さ、こんなイヤなものはないよ。だが、モラルも、感情も、これは人工的なものですよ。つくりうるものです。だから、人間の生活は、本能もひっくるめて、つくることが出来ます。

私は童貞のころ、カーマスッットラを読み、アナーガランガを読んだ。そこに偉大な真実、現実の哲理が語られているかと思って、何本よりも熱意に燃えて読んだほどだった。

私は近頃発禁になったという「猟奇」だの「でかめろん」だの「赤と黒」だの「りべらる」を読む人々が、健全にして上品なる人士よりも猥《わい》セツだとは思わない。私も、もし、カーマスットラを読んだ頃のこの現実に絶望しない童貞の頃だったら、まっさきに、これらの雑誌を読んでみたに相違ない。不幸にして、今はもう読んでみる気にもならないです。私の方が、よっぽど、その道の達人なんだから。すくなくとも、私は退屈しているのです。

春本《しゅんぽん》を読む青年子女が猥セツなのではなく、彼等を猥セツと断じる方が猥セツだ。そんなことは、きまりきっているよ。君達自身、猥セツなことを行っている。自覚している。それを夫婦生活の常道だと思って安心しているだけのことさ。夫婦の間では猥セツでないと思っているだけのことですよ。誰がそれを許したのですか。神様ですか。法律ですか。阿呆らしい。許し得る人は、ただ一人ですよ。自我！

肉体に目覚めた青年達が肉体に就て考え、知ろうとし、あこがれるのは当然ではないか。隠すことはない。読ませるがよい。人間は肉体だけで生きているのではないのです。肉体に

《三、作家は弁明を書くべきではないと言いつつ…》

就て知ろうとすると同じように、精神に就て、知ろうとし、求めようとすること、当然ではないですか。

「猟奇」「でかめろん」等々を読ませた方が、そういうものに退屈させる近道だ。読まなければ空想する。そしていつまでも退屈しない。読ませれば、純文学のケチなエロチシズムなどには鼻もひっかけなくなるから、文学は純化され、文学の書き方も、読み方も正しくなり、坂口安吾はエロ作家などという馬鹿げた読み方もしなくなるだろう。

舞台でも、そう。露出女優や露出ダンスがハンランすれば、芸術女優の芸術的エロチシズムは純化され、高められる。

露出だの猥本などというものは、忽《たちま》ち、あきてしまうものですよ。禁止するだけ、むしろ人間を、同胞を、侮辱しているのです。そういう禁止の中で育てられた諸君こそ、不具者で、薄汚い猥漢で、鼻もちならない聖人なのだ。人間は本来もっと高尚なものだよ。肉体以上に知的なものですよ。露骨なものを勝手に見せ、読ませれば、忽ちあいて、諸君のような猥漢は遠からず地上から跡を絶つ。

肉体なんか退屈ですよ。うんざりする。退屈しないのは、原始人だけ。知識というものがあれば、退屈せざるを得ないものだ。快楽は不安定だというけれども、犬だの野蛮人の快楽は不安定ではないので、知識というものが、不安定なのです。

結婚するなら、肉体に退屈してからやりなさい。否、結婚ぐらい、なんべんやりなおしてもよいではないですか。退屈するまで、やり直しなさい。最も、やり直すのが面倒くさかったら、やり直す必要はないです。これまた見上げた心掛だな。本当に、面倒くさかったら、ネ。女房を追い出すのは面倒だが、会社へ行くのは面倒ではない、などというのは、インチキですよ。徹底的に面倒くさいという人は、多分、一番偉いんだろう。そのくせ、飯を食うなんて、どうも、イヤだな。

失礼しました。私はまったくダメです。なぜなら、私は教師ではない。私は生徒です。そのくせ、一場のお説教に及んだ度胸はあさましい。

私は、ただ一個の不安定だ。私はただ探している。女でも、真理でも、なんでも、よろしい。御想像にお任せする。私はただ、たしかに探しているのだ。

しかし、真理というものは実在しない。即ち真理は、常にただ探されるものです。人は永遠に真理を探すが、真理は永遠に実在しない。探されることによって実在するけれども、実在することによって実在することのない代物です。真理が地上に実在し、真理が地上に行われる時には、人間はすでに人間ではないですよ。人間は人間の形をした豚ですよ。真理が人間にエサをやり、人間はそれを食べる単なる豚です。

私は日本伝統の精神をヤッツケ、もののあわれ、さび幽玄の精神などを否定した。しかし、

《三、作家は弁明を書くべきではないと言いつつ…》

私の言っていることは、真理でも何でもない。ただ時代的な意味があるだけだ。ヤッツケた私は、ヤッツケた言葉のために、偽瞞《ぎまん》を見破られ、論破される。私の否定の上に於て、再び、もののあわれは成り立つものです。ベンショウホウなどと言う必要はない。ただ、あたりまえの話だ。人は死ぬ。物はこわれる。方丈記の先生の仰有《おっしゃ》る通り、こわれない物はない。

もとより、私は、こわれる。私は、ただ、探しているだけ。汝、なぜ、探すか。探さずにいられるほど、偉くないからだよ。面倒くさいと云って飯も食わずに永眠するほど偉くないです。私は探す。そして、ともかく、つくるのだ。自分の精いっぱいの物を。しかし、必ず、こわれるものを。しかし、私だけは、私の力ではこわし得ないギリギリの物を。それより外に仕方がない。

それが世のジュンプウ良俗に反するカドによって裁かれるなら、私はジュンプウ良俗に裁かれることを意としない。私が、私自身に裁かれさえしなければ。たぶん、「人間」も私を裁くことはないだろう。

★

私はここまで書いてきて、やめるつもりであったが、余はベンカイしない、などと云って、結構ベンカイに及んだ形であるから、憤然として、ペンを握った。

今はもう、夜が明けるところです。私は目下、長篇小説に没頭しているのだ。だから約束した諸方の原稿を全部お断り願い、延期していただいたという次第なのに、朝日評論のO先生だけ、頑として、実に彼は岩石です。女の子も、これほどツレないものではない。おかげで私はヒロポンをのみ、気息エンエン。氏は実に二日目毎に四回麗人の使者を差向け、最後に、遂に、氏自ら現れて脅迫されるに及んで、私も泣いた。これ実に本日白昼の出来事です。大悲劇です。

私は聖徳太子ではないのだから、頭は一つ、手は一本（ペンを握る手はですよ。両手はきかないよ）昨日は昨日で、東京新聞のタロちゃんなる重役先生が何食わぬ顔をして、余の仕事ぶりを偵察にきて、エヘラエヘラ帰って行った。私も遂に探偵につきまとわれる身となって、近頃は心臓が心細くて仕方がないのだから私はベンカイなどは断じてイヤだと言うのだが、環境の悪化のせいで、ダメでした。

ちょうど一番電車が通ったから、私も一つこのへんから、大攻勢にでてやろう。夜明けはある、私にも。たぶん、アルデショウ。私は希望に生きるですから。

小説を読むなら、勉強して、偉くなってから、読まなければダメですよ。陸軍大将になっても、偉くはない。総理大臣になっても、偉くはないさ。偉くなるということは、人間にな

《三、作家は弁明を書くべきではないと言いつつ…》

るということだ。人形や豚ではないということです。

小説はもともと毒のあるものです。苦悩と悲哀を母胎にしているのだからね。苦悩も悲哀もない人間は、小説を読むと、毒蛇に噛まれるばかり。読む必要はないし、読んでもムダだ。

小説は劇薬ですよ。魂の病人のサイミン薬です。病気を根治する由もないが、一時的に、なぐさめてくれるオモチャです。健康な豚がのむと、毒薬になる。

私の小説を猥セツ文学と思う人は、二度と読んではいけない。あなたの魂自身が、魂自体のふるさとを探すようになる日まで。

私の小説は、本来オモチャに過ぎないが、君たちのオモチャではないよ。あっちへ行ってくれ。私は、もう、ねむい。

四、喧嘩腰でも心は通じ合っている詩人たち

田端に居た頃（室生犀星のこと）

萩原朔太郎

鎌倉へうつってからは、毎日浪《なみ》の音をきくばかりでさむしい。訪問者も絶えて無いので何だか昔の厭人病者の物わびしい遁世《とんせい》生活を思います。西行《さいぎょう》という昔の詩人は、特別にこういう生活の情趣を好んだらしい。「鴫《しぎ》立つ沢の秋の夕ぐれ」などという歌をよむと、昔の厭世主義者の詩境がよくわかる。しかしあれは茶の湯や禅味と関連した「侘しさ」のあわれであって、現代人たる僕等の気分とはぴったりしない。近代の厭人病者はむしろ都の雑踏中に孤独で居ることは好んでも、こういう閑寂の自然の中に孤独であることは好まないだろう。

しかし僕の厭人病も、年と共に益々ひどくなって行って、今では病がコーコーに達した感がある。訪問者のないのは此方から逃げているからで、自分で孤独を求めているようなものである。尤《もっと》も「人嫌い」は一つの惰性的の習慣で、つまり交際がおっくうになるのである。

《四、喧嘩腰でも心は通じ合っている詩人たち》

これにつけても子供の教育は大切で、早くから人に慣れるように交際社会へ出してやらぬと、皆私のような変人になってしまう。

田端にいた時のことを思い出す。今からみると、あの頃の身辺はかなり賑やかだった。尤も田端という所は、妙に空気がしずんでいて、寺の古沼みたいな感じがするので、僕としては甚だ趣味に合わなかったが、それでも夕方から夜にかけては動坂《どうざか》の通りが賑やかで、怪しげなカフェなどへ行くのが楽しみだった。鎌倉へきてはそうした散歩の楽しみもなく、材木座あたりの真暗な別荘地帯で、夜も遅く犬が鳴いているばかりである。

田端にいた頃は、毎日室生犀星と逢っていた。犀星とは私は、昔から兄弟のような仲では人あるが、二人の気質や趣味や性情が、全然正反対にできているので、逢えば必ず意見がちがい、それでいてどっちが居なくも寂しくなる友情である。田端に住むようになったのも、実は室生の親切な世話であったが、私が土地を讃《ほ》めない上に、却って正直な感想をもらしたの家で、甚だ犀星の機嫌を悪くした。

「君はどこに居たって面白くない人間なのだ。」

これがその時の応援だったが、言われてみると全く私はそんな人間なのだ。「どこにいても「満足しない」」、恐らくこれが私の生涯の運命だろう。犀星は怒ると、いつも私の急所に辛辣な断定をあたえてしまう。それが後に反省すると尽きない哲理をふくんでいる。しかし

六、喧嘩と嘘《坂口安吾たちの嘘》

彼は一国者《いっこくもの》で、何でも自分の主観で人のことまで押し通し、それが意の如くならないといって腹を立てる。成程、田端の情趣が彼の俳句的風流生活と一致していることを、後になって私は悟った。しかし私の趣味としては、もっと空気の明るく近代的で、工場や、煙突やが林立し、一方に生産的市場が活動しつつ、一方に赤瓦の洋風家屋などの散見する情趣、即ち大都会の郊外にみる近代的生活の空気がすきなのだ。だから以前に居た大井町などは、所としては殆んど理想的に気に入ってた。尤も私の住んでいた附近は、文字通りにひどい所で二度と帰る気はしないが。

犀星の書斎は、いつみても実にきれいで、疊の上が水を打ったように掃除してある。机の上には硯箱《すずりばこ》と文鎮があり、庭には若竹の影が敷石の上にそよいでいる。所謂明窓浄机《いわゆるめいそうじょうき》というのはこれだろう。反対に私の居間ときたら、原稿紙と鼻紙が一杯に散らばって、その上に煙草の吸殻が座敷中に捨ててあるので、犀星の所へ訪ねてくると、いつもゴミタメから座敷へ招待されたような気がする。

「障子を何故張りかえんか。」

「玄関に下駄が散らかっている。」

「子供が立ってあいさつした。なぜ行儀をしつけんか。」

《四、喧嘩腰でも心は通じ合っている詩人たち》

犀星が私の家へ来る毎に、最初にいう小言の種はいつもこれだ。頑固な年寄りの伯父を持ったようで、僕は甚だ迷惑するが、こういう所にも、彼は自分の性癖や趣味を押しつけねば気がすまないのだ。然るに私の方ときたら、極端にまた彼の正反対だから滑稽だ。もし客観的に人が見たら、この対照は喜劇的のものにちがいない。

或る夏のくれ方、いつものように犀星の家へ訪ねて行った。例の如く掃除の行き届いた庭の隅に、青々とした草がそよいでいて、蛙が時々侘しそうに鳴いていた。冷した麦酒を御馳走になりながら聴いていると、いかにも風雅な気分がするので

「好いね！　蛙が鳴いてるじゃないか。」

と言った。すると急に犀星が欣然《きんぜん》として、さも意を得たように言った。

「君にも風流の情趣がわかるか。なかなか話せるぞ。」

それから二三日して、犀星が私の所へ訪ねてきた。見ると頬っぺたを脹《ふくら》まし、ガマのように顔をふくらして、何か喉《のど》の辺でグーグーという奇声を出してる。

「君、散歩に行かんか。」

「よかろう。」

少し一所に歩いていると、急に彼は黙ってしまって、またグーグーという奇声を出してる。

「何だねそれは？」

どうとう不審になって尋ねてみた。

「蛙の鳴声さ。僕のように芸のない人間は、宴会などの時に困るんだ。それでこれを習ったのだが、どうかね君。」

それからまた暫《しば》らくたって言った。

「人生は悲しいものさ。」

犀星の哲学はいつもこれである。昔彼が放蕩していた時分、いつも下宿屋の机の上に玩具の安っぽい鳩笛が飾ってあるので不審に思ってきいてみたら、

「僕は寂しくなるとこれを吹くんだ。」

と言った。異性もなく金もなく、いつも飢えて都会に放浪していた頃の彼を思うと、私はいつも涙ぐましい思いがする。

故郷は遠きにありて思ふもの
そして悲しく歌ふもの
よしやうらぶれて異土の乞食となるとても

《四、喧嘩腰でも心は通じ合っている詩人たち》

かへる所にあるまじや。

というあの有名な小曲なども、皆彼が吹いた鳩笛の音から生れた哀調である。そうした昔の詩人犀星は、今もなお依然として悲しくしおらしき犀星である。彼の「哲学」にはいつもいみじきユーモアがある。或る馬鹿正直の人間がもつような、真面目すぎて可笑しくなるユーモアである。その笑いの底にしおらしい純情の心がすすり泣いてる。知れば知るほど、犀星は人の愛情をひきつける徳をもっている。

鎌倉へ移る少し前、初冬の風のうす寒い日に、僕等二人は連れだって活動写真を見に行った。日暮れに近く、上野に電車を待つプラットホームを、寒い冬の風が吹きさらしていた。ふと何かのことで、また僕等は口論をし始めた。始めから犀星は強情で我がままを張り通していた。彼は自分の意見を主張し、文句なしに私を圧倒しようと企てている。これは珍しいことでなく、いつでも犀星のきまったやり方だ。たとえば散歩に出るにしても、彼は最初からプランを立て、自分の好きな道筋や観覧物やへ、文句なしに対手《あいて》を引っぱって行くにきめてる。そして対手がそのプランを好むと好まないとは、全く思慮に入れないのである。「我れの欲する所は必ず他人の欲する所」というのが彼の独断的の固い信念であるからして、他人が自分と同意しない意見や趣味をもつであろうということは、天地が逆さになるほどあり得べからざることなのだ。「明日君と銀座へ行くにきめた。」いつも彼の調子はこれである。

この日も例の通りであって、何かのつまらぬことで二人の意見が衝突した。私もたいていの場合は彼の発議にしたがっているが、あまり対手が独断的に出てくるので、時には意地悪から故意に反対することもある。

「僕は厭《い》やだ。」

そう言い出したら私も仲々強情なので、いつものようにニラミ合いが始まってくる。私の知ってる限りで考えても、室生のように気持ちを顔に出す男はない。表情という言葉には人為的の技巧があるが、室生のは自然児の表情で、子供が怒や悲しみを顔に出すのと同じである。私が彼の発議に反するとき、いつも吃驚《びっくり》したように――有り得べからざることが起ったように――奇異の顔付をしてぼうとしている。それから黙って、世にも憎々しげに人の顔をにらみつける。「毒々しい憎悪」という言葉があるが、こういう場合にみる犀星の眼付ほど、真にこの表情に適ってるものはない。その表情に現われた憎しみの感情は、成人のもっているそれでなく、むしろ子供や野獣などにみる純真の原始本能に類している。理智の知り得ないもの！　室生の人物にみるすべての神秘はこれである。

「君もずいぶん強情の男だな。」

《四、喧嘩腰でも心は通じ合っている詩人たち》

「君こそ我がままだ。」

長い不愉快の沈黙の後、両方から吐き出すように言い合った。それから友はくるりと背後を向き、いかにもすげない冷やかな顔付をして、一人でずんずんと歩いて行った。その様子には
「もう貴様のような奴は友人でない。」

という冷たい感情がありありと現われていた。

「ざまあ見ろ！」

背後姿を見ながら、私も心の中でそう叫んだ。

冬近い夜の風が、薄暗いプラットホームを吹き渡っていた。見ると友はホームの反対の側に立って、遅い夜行電車のくるのを待っている。黒く悄然と、さびしそうな影をひいて。ホームを越えて、遠い夜空に上野あたりの街の灯火が浮んでいた。暗い霧のかかった空で、地平のあたりが桃色にぼんやりしていた。いつか雨さえ降ってきた気ぶりである。友はまだじっと立っている。

「何といふ孤独の男だろう！」

黒く悄然としてる友の背後姿をみている中に、何とも言えないいじらしさが、湧然《ゆうぜん》として私の胸にわきあがってきた。そうした彼のさびしい様子は、明らかに彼の心中を物語ってい

た。

「友さえも私を容れない。」

今、室生は明らかにそれを考えている。すべてに於て、彼ほどに自己を知っている男はない。そのくせまた彼ほどに自己を反省しない男もない。彼の我がままも、彼の一国も、彼の自己を押して行くエゴイズムも、彼は皆自分でよく知りながら、そのくせまた一方では知らないのである。室生はいつも自然のままの野生的な子供である。何故にエゴが人生に容れられないか？　そういう反省をする理智はどこにもない。彼の知り、彼の感ずるすべての思想は本能である。その原始本能が、理智の能《あた》わない不思議の智慧を彼に教える。

今も彼は寂しげに考えている。何物も私を容れない。友さえも私を容れない。私はいつも孤独である。どうして私はこうなんだろうか？　私はさびしい。なぜこの世の中は、すべて私の思う通りにならないだろうと、あの「忘春詩集」に出る支那人みたいに、いじらしい宿命を噛みしめている。

今に限らず、いつも犀星の腹を立てて怒る時ほど、彼のしおらしい抒情詩を態度に表現することはない。あの「抒情小曲集」にある心根のしおらしさも、「忘春詩集」等に描かれてる寂しげな宿命観も、皆その一の気質的な情操に屬しているので、至純の心にのみ宿る純情の美しさが、ひしひしと人の心に迫ってくる。何と言って説明しようか。これを心情の「美」

《四、喧嘩腰でも心は通じ合っている詩人たち》

というにも適切でなく、「自然」というにも意味が足らず、「正直さ」というもぴったりしない。丁度ドストイェフスキイの小説「白痴」に書かれた、あの自然人としての子供のような、そうして獣のように無智で純真な心をもってる、あの神秘的な貴族の青年がもつ心情がそれであり、一言でいえば「しおらしい」という言葉の深い意味につきてる。

そうした彼の純情性が、いつも人に怒ったあとで高調してくる。それは懺悔に似たようなものであるが、また懺悔のように常識的のものではない。宝生はどんな場合に於ても、決して人に詫びはしない。また自分自身にも詫びはしない。いつまでもいつまでも、彼は心の底から苛だたしく腹を立ててる。その怒は人にも向い自分自身にも向っている。意識上では彼は確かに怒っている。意識上では自分の正しきを信じていて、あくまでも他人の反抗を憎んでいる。しかるにその反省のない心の影に、不思議な本能的な反省が忍んでいるので、それが潜在意識として態度に現われ、世にもおしらしくいじらしい善人の悲哀を感じさせる。その悲哀はどうにもならない悲哀である。世界のあらゆる人間がもつ、宿命の底知れぬ悲哀である。

こうした室生の心情にひそむものは、すべての至純で善良な人が感じている、あの人類普遍のヒューマニチイに外ならない。彼の「愛の詩集」はこの観念を打ち出している。すべての人の罪を許し、すべての人が互に愛して抱き合おうという観念は、単に観念としては空虚のものに思われるが、人もし或る日の宝生に接すれば、それが生きた思想として迫ってくるのを感ずるだろう。何がなし、その純情の美しさが心をひき、涙ぐましい「いじらしさ」が感じられ、そこに或る何かの意味深いもの、世の常の思想に表現できない神秘の意味を感じさせる。そしてこの「意味」をもし反省すれば、それが釈迦やキリストの嘆きであり、トルトスイやドストイエフスキイの哲学であり、そしてあらゆる至純の人の心にひそむ、どうにもならないヒューマニチイの悲哀であることを知るだろう。「忘春詩集」も「小曲集」も「愛の詩集」も、彼の詩境を一貫して流れている蠱惑《こわく》の中心点はこれである。(ただ「愛の詩集」には「人道」の概念性があり、他の詩集にはそれがなく、単に純の情緒として現われてる。それだけ後者の方が純一であり、本質的の深い神秘性に富んでいる。)

今も現に暗いプラットホームで、そうした室生のしおらしい姿が立っている。野獣的の烈しい憤怒に燃えていながら、そのくせ世にもしおらしく悲しげな姿である。何たる不憫のことだろう。私の眼には熱い涙がこみあげてきた。或るふしぎな、汲めども汲めども尽きない愛情。世の常の愛ではなく、もっとずっと意味の深い、ヒューマニチイの秘密にふれる、ふしぎに美しく純粋の愛が泉のように湧きあげてきた。

「この愛すべき友!」

《四、喧嘩腰でも心は通じ合っている詩人たち》

私は心に熱して繰返した。私は懺悔したいような氣持ちになった。そして思いきり彼を抱擁したく、こみあげてくる友情で胸がいっぱいになってしまった。

暫らくして電車がきた。我々は黙って車窓に向い合っていた。田端の暗い夜道を帰ってくるとき、急に友が親しげの言葉で話しかけた。

「いつ君は鎌倉へ移る？」

「近日中。」

「早く行けよ。居ない方が気持ちが好いから。」

しかしその言葉は、限りなき友情を示す反語によって語られていた。

表記について

※本書では、原文を尊重しつつ、読みやすさを考慮した文字表記にしました。
・口語文中の旧仮名づかいは、新仮名づかいに改めました。
・文語文は、旧かなづかいのままとしました。ただし、文語文中のふりがなは、新仮名づかいで表記しています。
・旧字体は、原則として新字体に改めました。
・「ゝ」「ヽ」「〱」などの繰り返し記号は、漢字・ひらがな・カタカナ表記に改めました。
・極端な当て字など、一部の当用漢字以外の字を置き換えています。
・読みやすさを考慮して、一部の漢字にルビをふっています。
・明らかな誤りは、出典など記載方法に沿って改めました。
・口語体のうち、漢字表記の代名詞・副詞・接続詞は、原文を損なわないと思われる範囲で、平仮名に改めました。

・原文中の（中略）と区別するため、本書掲載にあたり省略した箇所は《中略》と表記しています。
・補足がある場合は、（編注：〜）と表記しています。
※年齢は、基本的には数え年で表記しています。

掲載作のなかには、今日の人権意識に照らして不当、不適切と思われる語句や表現がありますが、作品の時代背景と文学的価値とを考慮し、そのままとしました。

《出典》

※本文中の掲載順に表記しています。
※複数の出典を参照した作品もあります。

一、強がり・見栄の嘘―太宰治の嘘―

一：相馬正一『若き日の太宰治 増補版』津軽書房（1991）
二：太宰治の手紙（以降の太宰治の手紙も同出典）『太宰治全集12 書簡』筑摩書房（1999）
三：津島文治「肉親が楽しめなかった弟の小説」山内祥史編『太宰治に出会った日』ゆまに書房（1998）
四：大高勝次郎「津島修治の思い出」奥野健男編『太宰治研究』筑摩書房（1963）
五：堤重久『太宰治との七年間』筑摩書房（1969）
七：「春夫と旅行できなかった話」（以降の太宰治の随筆も同出典）『太宰治全集11 随筆』筑摩書房（1999）

二、その場しのぎ・言い逃れの嘘―中原中也たちの嘘―

一・三：中原フク述・村上護編『私の上に降る雪は』講談社文芸文庫（1998）
二：中原中也「我が詩観」『新編 中原中也全集 第四巻 評論・小説 本文篇』角川書店（2003）
四：檀一雄「「走れメロス」と熱海事件」「太宰と安吾」KADOKAWA（2016）
六：井伏鱒二「あとがき〔『富嶽百景・走れメロス』〕」『太宰治』中公文庫（2018）
七：柳田國男「ウソと子供」『柳田國男〈ちくま日本文学全集〉』筑摩書房（1992）

三、いたずらの嘘―芥川龍之介たちの嘘―

一：小島政二郎「いたずらっ子――芥川龍之介の一面」『百叩き』北洋社（1979）

二：芥川龍之介「侏儒の言葉」『芥川龍之介全集 第十三巻』岩波書店（1996）
三：井伏鱒二「亡友――鎌滝のころ」『井伏鱒二全集 第十二巻』筑摩書房（1998）
五：井伏鱒二「森鷗外氏に詫びる件」『井伏鱒二全集 第三巻』筑摩書房（1997）
六：菊池寛「話の屑籠」『菊池寛全集 第二十四巻』高松市菊池寛記念館（1995）
七：篠本二郎「腕白時代の夏目君」『定本 漱石全集 別巻』岩波書店（2018）

四、迷惑だけど憎めない嘘―石川啄木の嘘―

一：石川啄木「悲しき玩具」「一握の砂・悲しき玩具」新潮文庫（1992）
二：石川啄木の手紙『石川啄木全集 第7巻 書簡』筑摩書房（1979）
三：石川啄木の日記『石川啄木全集 第6巻 日記2』筑摩書房（1979）
四・五・七：上野さめ子「渋民時代の啄木」／北原白秋「啄木のこと」／与謝野晶子「啄木の思ひ出」岩城之徳編『回想の石川啄木』八木書店（1967）
六：与謝野晶子「啄木氏を悼む」『鉄幹晶子全集9』勉誠出版（2004）『鉄幹晶子全集 別巻2』勉誠出版（2016）
八：金田一京助「友人として観た人間啄木」『新編 石川啄木』講談社文芸文庫（2003）

五、居留守・面倒くさがりの嘘―永井荷風たちの嘘―

一：内田百閒「紹介状」『私の「漱石」と「龍之介」』ちくま文庫（1993）
二・四：頼尊清隆『ある文芸記者の回想　戦中戦後の作家たち』冬樹社（1981）
三：吉村昭「変人」『わたしの普段着』新潮文庫（2008）
五・六：北原武夫「永井荷風訪問記」『荷風追想』岩波文庫（2020）

七：江戸川乱歩『探偵小説四十年』沖積舎（１９９８）
八：室生犀星「萩原と私」『二魂一体の友』中公文庫（２０２１）
九：谷崎潤一郎「客ぎらい」『谷崎潤一郎全集 第二十巻』中央公論新社（２０１５）

六、喧嘩と嘘—坂口安吾たちの嘘—
一：横光利一「嘘の原稿」『定本 横光利一全集 十四巻』河出書房新社（１９８２）
二：坂口三千代「安吾と人麿」『追想 坂口安吾』筑摩書房（１９９５）
三：坂口安吾「余はベンメイす」『坂口安吾全集 05』筑摩書房（１９９８）
四：萩原朔太郎「田端に居た頃」『二魂一体の友』中公文庫（２０２１）

《参考文献》
「鷗外歴史文学集 第九巻 伊沢蘭軒（四）」岩波書店（２００２）
松田哲夫編『うその楽しみ（中学生までに読んでおきたい哲学3）』あすなろ書房（２０１２）
池田功『啄木日記を読む』新日本出版社（２０１１）
池田功『啄木の手紙を読む』新日本出版社（２０１６）
石川恭子「しら玉はくろき袋に」『短歌（33）』角川文化振興財団（１９８６）
今官一『わが友太宰治』津軽書房（１９９２）
関口安義『芥川龍之介とその時代』筑摩書房（１９９９）

相馬正一『坂口安吾』人文書館（２００６）
ドナルド・キーン「石川啄木」『ドナルド・キーン著作集 第十五巻』新潮社（２０１８）
中島健蔵「人間・林芙美子」『現代のエスプリ 第4』至文堂（１９６５）
七北数人『評伝 坂口安吾』集英社（２００２）
半田美永「春夫と旅行できなかつた話」『太宰治研究 18』和泉書院（２０１０）
平岡敏男「高校時代の太宰治」『太宰治の生涯：写真集』毎日新聞社（１９６８）
平岡敏男「若き日の太宰治」山内祥史編『太宰治に出会った日』ゆまに書房（１９９８）
久松潜一『契沖』吉川弘文館（１９８９）
松本哉『永井荷風という生き方』集英社新書（２００６）
吉田熈生『評伝 中原中也』講談社文芸文庫（１９９６）

文豪たちの嘘つき本

2023年 4月20日　第1刷

編　者　　彩図社文芸部

発行人　　山田有司

発行所　　株式会社彩図社

東京都豊島区南大塚 3-24-4
ＭＴビル〒 170-0005
TEL：03-5985-8213　FAX：03-5985-8224

印刷所　　シナノ印刷株式会社

URL：https://www.saiz.co.jp
Twitter：https://twitter.com/saiz_sha

ISBN978-4-8013-0653-0 C0095